U0466717

刘先平大自然文学文集典藏

续梦大树杜鹃王
——37年，三登高黎贡山

时代出版传媒股份有限公司
安徽文艺出版社

刘先平◎著

刘先平
大自然文学
文集典藏

2017年,在金沙江(左边)与岷江(前面)汇合处——从此长江有了自己的名字。

刘先平，1938年11月生于安徽省肥东县长临河西边湖村。父母早逝。12岁离家到三河镇当学徒，后在大哥刘先紫的帮助下脱离学徒生活。求学道路坎坷，依靠人民助学金完成学业。1957年毕业于合肥一中。1961年毕业于浙江大学中文系。在合肥师专、合肥六中等校任教师。1972年之后，在安徽省文联任文学刊物编辑、主编。

1957年开始发表作品，先是诗歌、散文，后涉足美学。1963年，因一篇评论再次受到批判，停笔。20世纪70年代中期，跟随野生动物科学考察队野外考察数年。1978年，响应大自然召唤，重新拾起笔来，致力于大自然文学创作与思考……

他被誉为我国"当代大自然文学之父"。

他曾经两次横穿中国，从南北两线走进帕米尔高原。

他曾经三次穿越塔克拉玛干大沙漠，四次探险怒江大峡谷。

他曾经六上青藏高原，多年跋涉在横断山脉。

他曾经两赴西沙群岛，在大自然中凿空探险40多年。

他的代表作有四部描写在野生动物世界探险的长篇小说和几十部大自然探险奇遇故事。

他的作品共荣获国家奖九项（次）。其中有三届中宣部精神文明建设"五个一工程"奖、三届全国优秀儿童文学奖……

2010年，安徽省人民政府建立并授牌"刘先平大自然文学工作室"。

他2010年获国际安徒生奖提名。

他2011年、2012年连续两年被列为林格伦文学奖候选人。

他2018年获首届中国自然好书奖。

他2019年获第三届比安基国际文学奖。

他历任安徽省人民政府参事、安徽省政协常委和人口与资源环境委员会副主任、安徽省作家协会常务副主席、中国野生动物保护协会理事。现为中国作家协会名誉委员。1992年，国务院授予其"突出贡献专家"称号。享受国务院政府津贴。

刘先平大自然文学文集典藏

续梦大树杜鹃王
——37年，三登高黎贡山

刘先平 ◎ 著

时代出版传媒股份有限公司
安徽文艺出版社

序

呼唤生态道德

生态道德的缺失，造成了我们生存环境的危机。

感谢大自然！在山野跋涉的三十多年中，大自然给予了我最生动、深刻的生态道德教育，因而无论是我的描写在大熊猫、相思鸟世界探险的长篇小说，还是在野生动植物世界探险的奇遇，都是努力宣扬生态道德的伟大，呼唤生态道德在人们心间生根、发芽。

环境危机重压着世界已是不争的事实，人们都在纷纷追究其原因，并寻找济世的良方。环境危机实际上是生态危机。

建设生态文明，中国为世界树立了榜样，具有划时代的意义。生态文明的建设，必然呼唤生态法律的完善、生态道德的树立，从根本上消解环境危机，保护、营造良好的生态。

法律和道德是一切文明的两大支柱，也是人类文明的标志。几千年来，我们已有了处理人与人之间、人与社会之间关系的行为规范、法律法规、道德准则，却根本没有处理人与自然关系的行为规范。按《辞海》（1979年版）中"道德"的释文："道德是一定社会调节人们之间以及个人和社会之间的关系的行为规范的总和。"这足以证明：人与自然之间的关系根本未被纳入"道德"的范畴，缺失了生态道德；或者说，生态道德在这之前，根本没有进入我们的观念。这是认识的失误。

"生态"一词的出现,至今不过二百来年的历史,而生态与人、与生存环境的紧密关联,在时间上则是更近的事情。这也从另一个侧面反映了人类在认识自然、认识人与自然、认识人与环境方面的重大失误,更加说明了树立生态道德的紧迫和重要!如果不能在全社会牢固地树立生态道德的观念,就无法建设生态文明和人与自然和谐的社会。

正是生态道德的缺失,成了产生环境危机的重要原因。长期以来,我们在处理人与自然关系方面,根本没有建立系统的行为规范、树立道德,法律也严重滞后;因而对大自然进行了无情的掠夺,无视其他生命的权利,任意倾倒垃圾,没有预后评估、监测地滥用科技,造成了环境污染、资源枯竭、生态失去平衡,以致受到大自然的严厉惩罚,直到危及人类本身的生存,才迫使人类重新审视与自然的关系,规范人与自然关系的法律和生态道德才得以突显。强调生态道德,在于强调、突出它比之于其他道德的鲜明特点——人与自然的关系。我们急需建立对自然应具有的行为规范,以调节人与自然之间的关系,消解环境危机,建设人与自然的和谐。这是时代向我们提出的重大命题。

比较而言,树立生态道德比制定、完善生态法律,有着更为艰巨的一面。法律是"由立法机关或国家机关制定,国家政权保证执行的行为规则的总和",而道德是公民应具有的修养、品质,带有自觉或自我的约束。当然,对法律的遵守,也是修养和道德的表现。法律可以明令从哪一天开始执行或终止,但同样的方法并不适用于道德。比如某一行为并不违背法律,但违背了道德。这大约也就是媒体纷纷设立"道德法庭"的原因。生态道德在全社会的树立,是个艰难而长期的任务,需要启蒙和培养的过程,对一个人说来甚至是终生的,需要全体公民的参与和努力。

三十多年来在大自然的考察,七十多年的人生经历,使我逐渐深刻地认识到树立生态道德的重要、紧迫。三十多年前我所描写的青山绿水,现在已有不少面目全非。大片原始森林被砍伐了,很多小溪小河都已退化或干涸,有些物种消亡了……

记得1981年第一次到西部去，云南的滇池，四川的岷江、大渡河、若尔盖湿地……美丽而壮阔的景象，使我心潮澎湃。滇池早已污染、水臭。2007年10月，再去川西，所经岷江、大渡河流域，到处在建水电站，层层拦江垒坝。在一个山村水电站工地，村民忧心忡忡地诉说：大坝建成后，村前的小河将干涸，到哪去找吃的水啊？！这种只顾眼前的利益，无序、愚蠢的"改造自然"，对整个生态系统的破坏已有显示。我国最大的高寒泥炭沼泽湿地若尔盖，泥炭层最深达9米，它在雨季吸水，干季溢水，1千克干泥炭可吸蓄8—12千克的水。它是黄河上游的蓄水库，蓄水量相当于三个葛洲坝。枯水季节，黄河水的30%（一说40%）是由这里补给的。但在20世纪曾挖沟沥水采掘泥炭。现在湿地已大面积退化为草原，沙化、鼠害严重。最发人深省的是，在这里拍摄红军战士过草地时，竟然无法找到深陷的沼泽，只好人工制造。黄河屡屡断流，当然不足为怪了！

水是生命的源泉。水的污染给整个生物链带来的是灾难性的影响，使人类的健康、生命处于极不安全的状态。中国五大淡水湖是长江中下游湖泊群的代表，是中国人口最为密集地区的生命线，号称"鱼米之乡"。但只经历了短短的二十多年，其中的太湖、巢湖，已是一湖臭水，根本无法饮用。其他的也都面临着湖面缩小、污染等生态恶化。在经济发达的长三角、珠三角，水污染更是触目惊心。

大自然养育了人类，可我们缺失了感恩，缺失了对其他生命的尊重，妄自尊大，胡作非为。当人类对自然缺失了道德时，自然也会还之以十倍的惩罚！

我曾立志要为祖国秀丽的山河谱写壮美的诗篇，但只是短短的二三十年，我所描写的山川河流不少都已是"历史""老照片"。

我曾冒着种种的危险和艰难，在野生动植物世界探险，无论是描写滇金丝猴、梅花鹿、黑叶猴还是红树林、大树杜鹃，都是为了歌颂生命的美丽，但是总也避免不了生命的悲壮——它们在人类的猎杀、砍伐、压迫下苦苦挣扎。即如每年要进行一次宏伟生育大迁徙的藏羚羊,或是给人类带来福祉的麝,或是山野中呼唤爱的黑麂……都无可避免地遭受着厄运。它们生存的空间,正被人类蚕食、掠夺。

这使我无限忧伤、愤怒,更加努力地呼唤生态道德的树立,也更寄希望于孩子。

正是大自然的生存状态,激起了我决心在一些作品之后写下后记,为过去,为未来,立此存照。

三十多年来,大自然以真挚、纯朴、无比的热情,接纳了我这个跋涉者,倾诉、抚慰……结下了深厚的友谊。

热爱生命,尊重生命,热爱自然,保护自然,保护环境,应是生态道德最基本的范畴。

我们来自自然,与自然有着血肉相联的关系。人类初期对自然是顶礼膜拜的。很多的部落,将动物的形象作为图腾。我们的祖先,对人和自然关系的认识,曾有过很多智慧的表述,如"天人合一"、盘古开天地的创世纪之说等等,至今仍是经典。

从世界教育史考察,对自然的认识,一直是教育的最基本、最经典的内容,讲述天体气象、山川河流、森林、环境和资源等等。以人类生存的环境、人类在自然中的位置作为人生的启蒙,在孩子们幼小的心灵中培植对生命的热爱、对自然的感恩。但这种优良的传统,随着人类社会、经济,尤其是科学技术的发展,逐渐淡化或消失。城市钢筋水泥的建筑,活生生地切断了孩子们与自然的联系。现在城里的孩子不知稻、麦为何物已不是怪事,甚至连看到蚂蚁也发出了惊呼。缺失生态道德的社会、科学技术的发展,不仅使自然失去了自然,更为可怕的是使孩子们失去了自然。

我希望用大自然探险奇遇,还给孩子一个真实的大自然世界,激活人类曾有的记忆,接通与大自然相连的血脉,接受生态道德的洗礼、启蒙,同时,启迪智慧的成长。大自然是人类的母亲,请千万不要忘记,大自然也是知识之源,正是在人类不断探索自然的奥秘中,科学技术才发展到辉煌灿烂。即使到今天,生命起源仍是最艰难的课题。

　　道德是一个人的品质、修养、不朽的精神。道德力量的伟大,犹如日月星辰。我一直坚信,只有人们以生态道德修身济国,人与自然和谐之花才会遍地开放。

2008 年 4 月 2 日

目　　录

卷首语 / 001
序　呼唤生态道德 / 002

上集　21 年：圆梦大树杜鹃王 / 001
　　木本花卉之王 / 003
　　传教士和植物采集员 / 008
　　他砍倒了大树杜鹃 / 012
　　大树杜鹃传奇 / 017
　　三探高黎贡山 / 023
　　寻找之路充满了诱惑 / 026
　　三访冯老 / 032
　　猎人之死 / 039
　　火山爆发 / 044
　　地热奇观 / 049
　　千岁银杏王 / 055
　　杜鹃鸟的歌声 / 059
　　河头傈僳族村寨 / 064
　　一树火红马缨花 / 068
　　石斛兰开在大树上 / 073

　　　　魂飞魄散 / 077

　　　　紧急警报 / 082

　　　　它从对面冲来 / 086

　　　　遭遇偷袭 / 089

　　　　艰难跋涉 / 093

　　　　黑熊于深夜来到了营地 / 097

　　　　巨大的树瘤 / 101

　　　　啊,大树杜鹃王! / 106

中集　**16 年:思念、向往、期待** / 113

　　　　三闯独龙江 / 115

　　　　马缨漫山红 / 126

　　　　花神 / 133

　　　　生命的智慧 / 144

下集　**37 年,重返高黎贡,续梦大树杜鹃王**

　　　　——心灵家园 / 149

　　　　朝山1:心有灵犀 / 151

　　　　朝山2:火山熔岩的魔方 / 157

　　　　朝山3:孤独的白眉长臂猿 / 163

　　　　朝山4:一花一世界 / 174

附录　刘先平四十多年大自然考察、探险主要经历 / 188

上集

21年:圆梦大树杜鹃王

寻找大树杜鹃王——这个梦想已伴随我21年了。

这个梦想,诞生于冯国楣实现梦想之时。

他为寻梦——寻找大树杜鹃——历经了30多年。

高黎贡山之峰(艾怀森　摄)

木本花卉之王

杜鹃花是观赏植物中的皇后,是木本花卉之王!

冯国楣是著名的植物学家,他在绿色世界跋涉时,那红的、蓝的、黄的、紫的花朵,总是那样鲜艳、靓丽,热烈地闪耀在面前。它们为大自然渲染了最丰富的色彩。鲜花是母亲,它创造了果实——繁衍了无穷的生命,繁荣了大自然的昌盛……因为这些抑或是爱美的天性,冯国楣格外钟情于花卉的研究。

冯老告诉我:

大树杜鹃是杜鹃花的一种。杜鹃花多是灌木,只有在云南、贵州、四川、西藏的高原上,才能成长为乔木。大树杜鹃是杜鹃王国中最伟岸的汉子,它可长到二三十米高,生长数百年,甚至千年以上。

我爱杜鹃:它开花早,2月启动花信;花期长,高山地区,11月还有附生杜鹃盛开。

大树杜鹃

杜鹃花很美,岩生杜鹃小巧玲珑,乔木杜鹃却花大如盘!

杜鹃花的色彩丰富,你们的黄山和大别山,漫山遍野盛开的映山红,那真是如火如荼!是的,杜鹃花有红的、白的、黄的、紫的……红的中有大红、水红、橙红……茶花的色彩若与它比较,也显得单调。你想想看:盛花时,在绿海中那样铺霞织锦,是何等壮丽、迷人!

是的,我非常、非常爱杜鹃!杜鹃的花形多姿,有筒形的、漏斗状的、钟形的、碗形的、瓮形的、碟形的……十多种。每一簇花是由几朵、十几朵或二十几朵的小花组成的个体美与整体美是那样和谐。茶花多蕊,看似多朵,其实只有一朵;而杜鹃花看似一朵,其实是多朵!

你只要听听它们的名字:迷人杜鹃、美被杜鹃、芳香杜鹃、鲜黄杜鹃、白雪杜鹃、红晕杜鹃……都会引起你无限的遐想;更别说当年植物学家们,为给它们起名,那种搜肠刮肚、冥思苦想地寻找词汇的情景了!

杜鹃花是观赏植物中的皇后,是木本花卉之王!

大树杜鹃王隐身在高黎贡山中。试想一下,在莽莽的原始森林中,突然出现一棵高达三四十米的大树,那大树上盛开着艳丽的红花——那是怎样的壮美的景象?它所焕发出的魅力是何等强大?

冯老在谈到杜鹃花时,那种深情,那种沉浸在美好、幸福中的情感,具有无限的感染力……

高黎贡山是横断山脉中身材伟岸的"彪形大汉"。它由西藏的伯舒拉岭向云南游动,逶迤千里。根据地球板块漂移学说,欧亚板块和印度次大陆之间的挤压、碰撞,隆起了世界屋脊喜马拉雅山。正由于这一碰撞,中新世以来,高黎贡山所处的掸邦—马来亚板块,从赤道热带向北移动了450千米,并发生右旋,使高黎贡山再度活化、强烈隆起。

高黎贡山北高南低,剧烈起伏,谷深山高。最高峰是贡山县的楚鹿腊卡

宏伟的高黎贡山,晴日,总有白云缠绕山腰,成为当地特有的景色

峰,终年积雪,海拔4640米;而河谷地区的潞江坝子,海拔只有600多米,形成了平均深度达2000米的怒江大峡谷。

奇特、复杂的生态环境,造就了它丰富的生物多样性。说得简单一点,这使它具有了从热带到寒带的植被。也就是说,它囊括了我国从海南岛到黑龙江的植被。据植物学家的发现,很多生物只有在高黎贡山才能找到,现在还有新物种不断被发现,它被国际上公认为生物多样性的关键地区。

有人考证,"高黎"意为"高日",是景颇族的一个姓氏。"贡"在景颇语中是"山"的意思,意为高日氏的大山。不知什么原因,景颇族已不是今天高黎贡山的主要民族。

这座大山和峡谷,养育了近20个少数民族,每个民族都创造了自己丰富多彩的文化,各民族之间的文化交流、相融,形成了独特的人文景观。

有人说高黎贡山是立体博物馆,是物种基因库,是生物的发祥中心。当我终于走完了这座大山之后,我思索的是人与自然……

故事还得追溯到1981年,那年4月初,我和几位朋友应邀去西双版纳访问,参加傣族泼水节。这次的机遇对我很重要。我从20世纪70年代末期决定写大自然文学,那时我创作的三部长篇小说,其中《云海探奇》已经出版,《呦呦鹿鸣》的校样已到,《千鸟谷追踪》已经完稿。它们都是以黄山地区的科学考察为背景的,我感到需要去认识黄山以外的祖国山河。这次的机缘,使我走出了黄山。

当我们在热带雨林、澜沧江边经历种种神奇事件回到昆明之后,朋友们就各奔东西了。那时道路艰难,坐长途汽车要近一个星期才能到西双版纳,我们有专车还跑了3天。一路上常见翻在沟谷中车子的残骸。

难忘热带雨林奇观,于是我又到昆明植物研究所,去寻求新奇的大自然造化,拜访著名的植物学家。

那震撼心灵、令人激奋、刻骨铭心的消息,是冯国楣先生宣布的。

那是个平常的日子。上午请教了两位植物学家,依稀记得是其中的一位,向我介绍了冯国楣先生。

下午,当我走进他的办公室时,一位满头银发、慈眉善目的老者迎来,我们之间的谈话是从保护自然开始的。

冯国楣教授说:

> 在西双版纳已发现了紫茎泽兰,它原籍墨西哥,这种草春天开花,白色,种子很小,能随风飘扬。生命力、适应性特别强;但它有毒,牛羊吃了会得病死亡。危害性特别大。它的传入,原因复杂,但最重要的是乱砍滥

伐森林之后,留下了大片空地,使生态失去了平衡。你去过元江、墨江,那边原来都是热带雨林,森林被砍光之后,热带雨林特有的晨雾没有了;冬季下起了雪,池塘结起了冰,鸭子在冰上走,一步一歪倒。群众看稀罕。生态平衡遭到了破坏,才是紫茎泽兰入侵的真正原因!

生态失去平衡后,灾难是严重的,珍贵的鹅掌楸(国家二级重点珍稀濒危植物)种子愈来愈少。

在浙江新发现一种低海拔的冷杉树,只有四棵,但去年被人砍掉一棵。若再不保护,这个物种在全世界就要灭绝了。

普陀山小岛上有一棵鹅耳枥。全世界就只有这一棵。

云南有很多珍贵的植物,而且全世界只有在云南才能找到……

他对我国珍稀植物如数家珍,说到历史上人类的破坏、自然的变迁、外国人的掠夺,使很多珍贵稀有的植物灭绝或流落异国他乡时,他宣布了一个消息:

今年2月,我们终于在高黎贡山找到了珍贵的大树杜鹃!62年前,即1919年英国人曾砍倒一棵,锯成圆盘运走的。我做了一辈子的梦,一定要找到大树杜鹃,在64岁时梦想终于实现!

睿智大度的冯老,其时神采飞扬!眼中闪烁着光芒,内心奔涌着激情,那股自豪,那种蕴含在内心深处的坚韧不拔,那股赤诚犹如电光石火激荡着我的心灵,使我思绪如潮水般翻涌……

冯老寻找大树杜鹃的故事,引出了另一个故事,或者说是这个故事的上集。

传教士和植物采集员

福瑞斯特的 28 年采集生涯,故事较多,但在中国流传较广的、富有传奇色彩的有两则。

地大物博的古老而又封闭的中国,早已引起侵略成性的帝国主义和冒险家们的垂涎。他们在炮舰政策之前,早已有一批冒险家来到了中国"探险"。他们的目光,首先是投向西部和沿海地区。

在以生物世界为主要目标的探险家中,第一位惊动世界的是法国传教士戴维。他第一次来到中国,就从北京皇家猎苑偷去了麋鹿——四不像。这是我国的特产动物,也就是说它只生长在中国,因其美丽奇特的形象,曾被奉为神兽麒麟。戴维的发现为麋鹿带来了灾难,在八国联军侵入北京后,它们被抢光、杀光,以致在中国绝迹。直至 20 世纪 80 年代,英国乌邦寺的主人,才送了一个种群回到中国。

戴维第二次来到中国,隐身在四川宝兴县深山里的一座教堂中,雇佣猎人,他又采集到一大批珍贵的动物,其中有轰动世界的大熊猫、小熊猫、金丝猴等。这在他 1869 年 3 月 11 日和 1871 年 4 月的日记中,都有详细的记录。1986 年 6 月,我跟随研究大熊猫的专家胡锦矗教授,在川西蜂桶寨自然保护区考察时,特意挤出时间,在邓池沟中急行 5000 多米,去拜访了当年戴维任职的教堂。那教堂至今依然藏在层层叠叠的大山中。拙文《初探邓池沟》记录了那次的行程。

1873年,戴维离开川西,来到了东南沿海的福建,在武夷山的下挂墩教堂中任职。是什么将他吸引到那里呢?不久,他就采到了大量的珍贵的动物标本,主要是两栖爬虫类和鸟类。科学家们很快就从他运回法国的标本中,发现了众多的新的物种,如挂墩鸦雀、黄腹角雉、白额山鹧鸪、斑背啄木鸟等,这些发现再一次惊动了世界动物学界。从此,挂墩有了"鸟类天堂"的美誉。

随后,美国人、英国人、德国人纷纷来云南采集各种生物标本。

由此,作为传教士的戴维,得到了"博物学家""动物学家"等众多闪耀着科学光辉的称谓。

戴维的冒险成绩震惊世界的同时,高黎贡山神奇的生物世界,引起了西方"探险家"的注意。1868年,英国人安德森带来了一队人马,从已沦为英国殖民地的缅甸进入高黎贡山,采集了大量的动物标本。丰富的收获,使他于1873年二进高黎贡山。接着,德国人、美国人也来了……

是戴维和那些"探险家"的"成就",还是古老中国蕴藏的丰富多彩的生物世界的神奇,抑或是这密不可分的两者,在20世纪之初,吸引了远在地球那边的福瑞斯特?

福瑞斯特只是英国爱丁堡皇家植物园的一名采集员,我们从史料中得知,他所雇佣的采集大军,最多时竟达八九十人,是什么使这位小小的采集员能得到雄厚的资金和各种各样的支持呢?

其时,英帝国主义已用炮舰轰开了腐朽的清政府的大门。1840年的鸦片战争,使英帝国主义尝到了甜头,1900年,他们又入侵了高黎贡山的片马等地,妄想以此为跳板,向南进军,但遭到了我国各族人民的英勇抵抗。

大英帝国的殖民野心,或许就是福瑞斯特能够成行的根本原因。

福瑞斯特于1904年从缅甸,大摇大摆地来到了高黎贡山。腾冲是边陲重镇,那里自古以来就有着一条南方的丝绸之路,通往缅甸、印度等国。这条丝

南方丝绸之路旁盛开的鲜花，彰显着历史的辉煌

绸之路，比西线的还早。特殊的地理位置，使英国人在那里设立了领事馆。

福瑞斯特凭借英国领事馆的庇护，在腾冲扎下了营地。清政府的腐朽，使滇西北事实上成了没有海关的地区。

应该说，福瑞斯特面对着交通闭塞、语言不通及反英情绪高涨等问题，开头是困难的。但他雄心勃勃、性格坚毅，这其中既有植物学家执着于科研的一面，也无法排除白人殖民者的侵略心态。他先后7次来到腾冲，对德钦、丽江，尤其是高黎贡山开展了大规模的采集活动。

毫无疑问，随着一批批标本运回英国，英国人从标本中看到了从未见过的植物，惊叹着高黎贡山生物多样性的丰富，福瑞斯特的名声也日渐大了起来。

在高黎贡山的28年中，福瑞斯特共采集了3万多号、10多万份植物、动物的标本，运回或寄回了英国，英国人至今还将它们珍藏，甚至加密。

从福瑞斯特采集的标本中，究竟发现了多少新物种？这些标本的价值究竟有多高、多大？我们无法得到详细的材料。或许那3万多号的标本甚至至今尚未鉴定完毕。据说，英国植物学界的一位颇有权威的人士，曾对福瑞斯特有过这么一句评价："由于你如此辛勤地工作，才使得欧洲的花园，今天如此灿烂。"其实，这句话的真正含义，应该是：由于引种了高黎贡山的植物，才使得欧洲的花园，今天能如此灿烂。当然，福瑞斯特对植物学研究的贡献，是功不可没的。

福瑞斯特的28年的采集生涯，故事较多，但在中国较为流传的，富有传奇色彩的有两则。

其中一则是他在高黎贡山发现了大树杜鹃。

他砍倒了大树杜鹃

西方园艺界流传着一句名言:"没有中国的杜鹃花,就没有西方园林的丰富多彩。"

1919年,那是福瑞斯特来中国的第六个年头。他仍然和往常一样,雇用了大批劳力,进入高黎贡山采集标本。不知是事先已有所闻还是按采集计划,福瑞斯特在猎人带领下,深入莽莽的原始森林中。这次的目标是腾冲大塘那边。

有一天,他突然发现一棵很高的大树上开满了红花。凭他的知识,已认出这是一棵杜鹃,但他从未见过这样高大的杜鹃。记忆中世界上还没有报道过,竟有这样高、花盘这样大的杜鹃,这肯定是一个新品种!喜悦令他兴奋不已。

在这样高层树种较多的原始森林中,要采到枝叶和标本是很困难的,但总还是有法可想的。这棵大树不是生长在大英帝国,而是在中国的土地上。于是,他毫不珍惜地命令雇来的劳工砍倒了大树,采集了标本。最后还锯下一个圆盘。

这棵大树杜鹃高25米,基部直径0.87米,胸围2.7米。数了数锯下的圆盘上的年轮,250圈!它已在这里生活了250年!

这是杜鹃花中的巨人。

他将圆盘包装后送回了英国。当这个圆盘标本在英国自然博物馆展出后，轰动了植物学界。福瑞斯特名声大噪。定名是直到1926年才公布的，福瑞斯特和另一名分类专家，将它定名为大树杜鹃！

这是故事的前半部。这只是植物采集中的一个故事。如果没有冯国楣和助手们的挖掘，那么这个故事也就淹没在无数新物种被发现的记录中了。

冯国楣生于江苏宜兴，17岁时到庐山植物园工作。当日本侵略军的魔爪伸向江南时，他和同事们抢救了植物标本，辗转到达云南丽江。在植物学中，他偏爱花卉。

中国地域辽阔，花卉资源丰富。我们随意都可报出一二十种花卉名称，几

山崖边上的白杜鹃，其蕊淡黄，格外俏丽

歌中都有报花名的。云南的花卉，更是五彩缤纷。在中国十大名花和云南八大名花中，杜鹃花都是首屈一指的。

冯老说：

>据不完全的统计，全世界有杜鹃花900多种。主要分布在亚洲，大约有850种。
>
>我国的杜鹃花就有530多种，占全世界种类的59%。植物学家认为，横断山脉和喜马拉雅相邻的地区，是现代杜鹃花最大的分布中心。
>
>最为难得的，有399种杜鹃是我国的特产，也就是说只有中国，才出产这近400种杜鹃。
>
>云南有杜鹃花约257种，其中有61种是特有种。而高黎贡山就有杜鹃花约100种。
>
>我国不愧是杜鹃花的王国和故乡！

拥有古老文明的中国，早在5世纪对杜鹃花就有认识。"羊踯躅，羊食其叶踯躅而死，故名。"(陶弘景：《本草经集注》)。羊踯躅，即开黄花的杜鹃，广之，踯躅也成了杜鹃的别名。据说，后来神医华佗用作麻醉剂的，其中就有羊踯躅。

与杜鹃同名的，还有鸟，杜鹃鸟有大杜鹃、小杜鹃、四声杜鹃……

我们在四五月份常能听到的布谷鸟的鸣叫，布谷鸟就是二声杜鹃。

花鸟同名，不乏其例，但大多是因为色彩或形象有相似之处，那么杜鹃花和杜鹃鸟在形状上几乎没有瓜葛，为何同名呢？

到了唐代的诗歌中，这才多少能找出一些端倪。

"杜鹃花与鸟，怨艳两何余；疑是口中血，滴成枝上花。"(成彦雄)原来这其中包含了一个故事。不管是因鸟名而用于花名，抑或是用花名冠于鸟，有

高山杜鹃

两点是可以肯定的：一是杜鹃鸟迁徙来时，正值杜鹃花盛开；再是杜鹃花的美丽，引起文人墨客的无尽才思。唐宋诗词中存在着很多描绘杜鹃的佳作，就是最好的说明。

而欧洲，直到15世纪，才有关于杜鹃花的记载。这是因为它经历了第三纪末气候的大旱、第四纪冰川的覆盖，致使大量的植物遭到了毁灭性的打击，不仅植物种类贫乏，就连杜鹃花也只残存9种。

这从侧面说明了当大树杜鹃标本在英国自然博物馆展出时，为何引起了轰动，福瑞斯特为何能够成名。

当西方世界，目睹了从东方传来的色彩繁多、花态千姿、树形优美的杜鹃花时,那种惊讶,无异于哥伦布发现了新大陆,于是纷纷将它引入庭园。对杜鹃花的占有,甚至成了家庭富有的象征。

正是在研究杜鹃花时,冯国楣从资料中发现了大树杜鹃,发现了它有一棵巨树,已被福瑞斯特砍倒,标本和圆盘全部运去了英国。时隔数十年了,再也没有见到有关大树杜鹃的报道,难道它已从地球上失踪?作为一个中国的植物学家,却无法看到生长在祖国土地上的国宝……

民族的尊严与植物学家的责任在胸中涌动,他发誓:在有生之年,一定要找到大树杜鹃!

当誓言无法实现时,那只是一个梦想!

西方园艺界流传着一句名言:"没有中国的杜鹃花,就没有西方园林的丰富多彩。"

冯国楣先生在向我讲述大树杜鹃的故事时,怀着沉痛的心情,说了一件事:英国现在有杜鹃花四五百种,每当杜鹃盛开时,世人都争相去英国看杜鹃。这个小小的情节,可诠释他发誓的背景。

这个梦想,直到20世纪70年代末80年代初,才有了实现的可能。昆明植物研究所支持冯国楣寻找大树杜鹃的计划。

大树杜鹃传奇

"好啊！我常念着这事哩，是该去找到它了！它是我们中国的国宝！"

1981年的春天，冯国楣率领着助手们出发了。根据资料的记载：福瑞斯特是在腾冲县（今腾冲市）一个叫河头的地方，采到大树杜鹃标本的。

在地图上，确实找到了标有"河头"的地方，它在中缅边界的一个深山中。

当他们风尘仆仆坐了几天车后，又步行一天，赶到河头时，迎来的却是当头一盆冷水。凡是进行野外考察时，开头总是走访当地的群众。

"你见过长得很高，树叶很大，花很大，开红花的杜鹃树吗？"

"开红花的杜鹃？有，两三丈高。认识，我们叫它马缨花。"

"树很高，能长到七八丈高。见过这样的杜鹃没有？"

傈僳族的汉子摇头。

淡黄的杜鹃花，高踞于万木之上，在空谷中自有一种高傲

回族的汉子摇头。

汉族汉子也摇头。

迷惘如乌云压在心头,难道就此罢休?

冯国楣一跺脚,到大山里去找!

这一行人走进了原始森林。根据资料记载,大树杜鹃生活在海拔2300米左右的高山上。他们从这个山头,走到那个山头。看到了青冈栎,看到了含笑,看到了木兰,看到了报春,看到了马缨花,看到了大白花杜鹃,看到了润楠……就是没有找到大树杜鹃。

他们在森林中搜寻了数天。

正是在焦急、艰难的跋涉中,发生了令每个野外工作者害怕的事,他们迷路了。一直转到天黑,也没找到下山的路。

悦耳的鸟鸣声消失了,野兽的吼叫却一声声响起,分不清是虎啸或豹吼,惊得人汗毛直竖,黑夜中的森林,是夜行动物的天下。

他们还担心走出了国境误入缅甸……那可就是大麻烦了。

正当他们在饥饿、疲倦、失望、危险之中时,一队边防军似是自天而降。

是因为他们那一身不伦不类的衣着,还是东瞅西望、犹豫不决的神态……总而言之,他们被边防军"盯"上了。

他们被带到了驻地严密看管,但大家心里反而高兴了:毕竟走出了森林,毕竟有水喝、有饭吃。

冯国楣耐心地说了一切。可在那个时期,肩负着保卫祖国边防重任的军人,有谁能理解为了找到一棵树,会不顾生命的危险铤而走险呢?即使是理解,作为军人,又怎能贸然相信他们的一面之词呢?

边防军把电话打到了昆明植物研究所。

"是的,冯国楣是我们所的植物学家。"

"不错,他们是去寻找大树杜鹃,寻找国宝!"

边防军热情地将他们送了出来。

大树杜鹃究竟在哪里？经过了60多年的岁月，难道已经灭绝？或者是生活的区域很狭窄？……不论是哪一种情况，都说明了寻找大树杜鹃的紧迫性和重要性。冯国楣陷入了困惑之中……

当然，探索的道路从来是不平坦的。他思索着各种可能，怎样才能将寻找计划有效地进行下去……

在苦苦的思索中，他突然灵光一闪——福瑞斯特在采集活动中，时常要雇用大批的劳工，且多是采集地的人，这些人中应该还有人活着……抗日战争中，冯国楣曾在丽江数年，当时就听说过有人被福瑞斯特雇用过……可时隔60多年了，人间沧桑……他苦苦地回忆着，紧张地查阅资料。

有一天，冯国楣在查阅资料时，发现了福瑞斯特拍的一张照片，照片上有个人似曾相识……对，很可能就是那个老赵。

于是，冯国楣赶到了遥远的丽江，在当地政府的帮助下，经过种种曲折，终于找到了住在一个小镇上的老赵的家。

开门的是一位白发苍苍的老妪，满脸的茫然。她不知道这群不速之客来干什么。

当她知道事情的原委之后，说是记得当年有个英国人找老赵去干事，一去就是多少天，但干什么事不知道。

又问，老赵呢？

老太太的泪水从干枯的眼眶里流下：

"你们该早点来。迟了。他已经走了。"

冯国楣的心往下一沉……等悲伤过去之后，和老太太拉了一些家常。老太太已近80岁了，记忆力很差。唯一的线索断了，但也证实了那照片上的人确实是老赵。老赵的朋友呢？有没有曾经和老赵一同帮福瑞斯特干事的？他想方设法，唤醒她已经忘却的记忆。

在茫茫的回忆中，老太太终于想起了一位纳西族的汉子：他姓和，叫和文明，现在住在玉龙雪山下的雪松村。

冯国楣风风火火地赶到雪松村，找到了和文明。和文明已是80多岁的老人，当听说是为寻找大树杜鹃的事，很激动：

"好啊！我常念着这事哩，是该去找到它了！它是我们中国的国宝！过去洋鬼子欺侮我们，就是那个福瑞斯特，他从高黎贡山，从丽江拿走了多少东西？！统统运到英国去了……"

老人的记忆力还算较好，依稀记得那次进山的有30多人。"那棵树很粗，大家费了很大的劲才将它砍倒。那个叫福瑞斯特的洋人高兴得不得了，他平时根本看不起我们这些中国人，当时不一样了，一会说半生的汉语，一会

玉龙雪山上海拔4506米的大冰川，浩浩荡荡

叽里呱啦说一大通。锯下的圆盘,他宝贝得不得了。在圆盘上,涂满了油膏,捆扎得结结实实,命令一个姓张的人,专门背了出来。出了林子,走了八九天的路,才到了县城腾冲。腾冲叫河头的地方,有好几处,不是黑泥塘那边的河头。那次经过了一个叫永安的地方。为什么我会记得呢?因为我们在那里歇了一晚。那里有个寨子铸犁头出名。又走了两天的路,才到大塘……好像有条河,对了,是有条河,河叫什么名字来着……像是就叫大河。顺着大河走,有个傈僳族的寨子。这个寨子叫大河头,还要往前走,才能进山……"

在地图上,腾冲县的北面,确有一个永安!如果不错的话,属界头乡。

8月,冯国楣有事缠身,走不开,他请助手们二下腾冲。界头是个乡的所在地,一打听,确有大塘村。

他们溯龙川江上行,简易公路不久就到头了。

其时又正值雨季,电闪雷鸣,大雨时疏时密地下个不停。江水湍急,奔腾汹涌……

接受上次的教训,考察组没有贸然向前,而是开展了调查活动:

当地的干部和群众都说去不得,归纳一下,有这几条:

此处离大河头还有几十公里,进山还有很长的一段路,须靠两条腿步行!

那片林子是原始森林,荒无人迹,没有向导进不去。进去后也不是一两天出得来的!

这时节的林子里,猛兽多,毒蛇多,虫子成把抓。马鹿虱子叮住你就不放,旱蚂蟥遍地。猎人都不敢进去,你们不要命?

你知道这雨什么时候停?小溪小河都涨满了,泥石流、山洪……说到就到……

明年二三月来吧!那时是旱季,蛇呀、毒虫呀,都还未出动,早发的杜鹃已开花了。说不定你们要找的杜鹃,也正开着花哩!

实话实说,这些情况都是考察组始料不及的。他们连野外宿营的装备都没带,好像是知道了路线,那大树杜鹃就在那里等着哩!

困难和危险是一方面,大伙儿说的杜鹃花花期确是一个重要的因素。花、果是鉴定一种植物的重要依据……

反复考虑之后,考察组决定返回昆明。但这次出征,还是为以后的寻找摸清了很多情况,也有利于下次事前做更多的准备工作。

三探高黎贡山

冯国楣找到大树杜鹃的消息,掀起了波澜:它所隐含的历史、丰富的底蕴,在人们的心头激起强烈的情感。

1981年的2月,冯国楣带领了四五个人,三下腾冲,风风火火赶到了界头,直到行驶至简易公路的尽头,才弃车步行。到达大河头傈僳族的村寨,他们请了一位猎人做向导,和边防战士住了一夜,在山上寻找了两天,这才应着一句话:皇天不负苦心人,终于找到了大树杜鹃!

一点儿不错,它的枝头,正繁花似锦!

而且不止一棵,是几棵,其中最高大的一棵树高20米,基部周长有1.6米。

它比福瑞斯特砍倒的那株小了一些,但这是我们中国人自己找到的!找到的不仅仅是一个物种,几棵大树……

有一个细节是值得一提的:当年福瑞斯特砍倒的那棵大树杜鹃的树根还在,虽然历

杜鹃花群落总是给森林平添风采

经了很多年,它还在那里,记录着那段屈辱的历史,警醒着今天的人们。

冯国楣找到大树杜鹃的消息,掀起了波澜,它所隐含的历史、丰富的底蕴,在人们的心头激起强烈的情感。

正是这种可贵的情感,正是冯国楣一波三折的寻找道路,丰富了大树杜鹃的故事,使其具有了浓厚的传奇色彩!

后来,腾冲市林业局的林学家们,在冯国楣发现的那棵大树杜鹃周围,又发现了一百多棵大树杜鹃,这是一个庞大的群落,是一个依然保持着强盛生命力的群落!

故事的高潮,是大树杜鹃王的发现,这棵王者,基部直径3.07米,树高竟达30米,是位真正的"巨人"!

关于福瑞斯特的第二则传奇故事,那是完全属于他自己的,但要留到后面,去凭吊他的墓地时再说。

随着岁月的流逝,很多的事已在记忆中淡化、消失,但我清楚地记得,第一次和冯老相谈,是在1981年4月23日下午,这也由笔记证实。因为就在这一天,是冯老精神的感召,是杜鹃花的美轮美奂,抑或是神奇的高黎贡山的召唤,让我和大树杜鹃结下了缘分,并立下了心愿,我要亲自去寻找大树杜鹃——循着冯老他们走过的路,去瞻仰大树杜鹃的风采!

那年,我在离开昆明之后,就去了四川,与自然保护专家胡铁卿,踏上了考察大熊猫之路。在去白水江的路上,翻越一座海拔3000多米的大山时,那里的雪还未融化,在皑皑的白雪中盛开着灿烂的杜鹃花,红白相映,如云如霞,壮美至极!

之后,在卧龙的高山营地,我跟随胡锦矗教授追踪大熊猫,成天有盛开的杜鹃相伴。胡锦矗也说了很多杜鹃花的故事,其中说到大熊猫和大树杜鹃相同的遭遇和命运:

大熊猫被制成标本,由法国传教士,运到了法国。

大树杜鹃被英国人砍倒,标本运回了英国。

从胡锦矗眼里射出的光芒、内心奔涌的情感中,我所体会到的那种强烈的民族精神,与在冯国楣先生身上看到的如出一辙!

隔了两年,我写了一篇记叙胡锦矗在艰难中不屈不挠地研究大熊猫、保护我国珍贵动物资源的故事,题目特意选为《杜鹃花下的爱……》。

是的,我对杜鹃花和大熊猫都有了一份特殊感情,它们时时迸发出一种强烈的召唤力!

那次西南之行回来之后,和北京一家办杂志的朋友,说起冯老寻找大树杜鹃的故事。他们非常急切地约我写一篇报告文学。我认为若不是亲自去找到大树杜鹃、体验寻找的滋味,不仅没有特殊的感受,更重要的是对不住冯老,对不住深藏在大山中的大树杜鹃!办杂志的朋友理解不了这份心情,我只好请他去另找高明——因为知道这个消息的人并不少!

这个心愿是颗种子,在心田中不断萌发、生长。可是,研究植物学并非我的专业,我也就一直没有这样的机缘。

寻找之路充满了诱惑

寻找，使你的生命充满了活力，使你的生命更新，每天都是崭新的一页！

1991年9月，我在法国参加会议之后，又应邀去英国。在到达伦敦之后，我迫不及待地请君木陪同我们去英国自然博物馆。说实话，我对很多展品都是一掠而过。君木很奇怪："你在找什么？"

"找大树杜鹃的圆盘标本。"

他当然不知其中原委，我只好向他作了简单的说明。但我们两人在馆中转了半天，也未找到。

1997年8月，我有机会去英国参加一个文学会议，会议地点在约克郡。君木夫妇善解人意，特意请了几天假，要陪我和李老师先去爱丁堡看植物园，然后去尼斯湖探水怪，再去参加会议。

车在苏格兰高地行驶时，我时时注意着窗外，希望能看到杜鹃花的身影，但没有看见，因为只能看到公路的两侧。原想找一个庄园看看，但在一处保护区里，却看到了有一大块地被栅栏圈起，那里林木葱茏。找到了入口处，见门上钉了个警示牌：私人领地。君木说，不经过主人同意是不能进去的。懊丧之余，自然打消了原先的念头。

到达爱丁堡植物园，从导览图上找到了中国园，直奔主题。我们看到了那些原产中国的、在异国他乡生长的各种植物。找到了杜鹃园，其时已过了花

1997年，我和李老师又去英国爱丁堡植物园，只看到了从中国采集、移栽的杜鹃花

期，以我的植物学知识，只发现了一些灌木杜鹃，却没有找到乔木杜鹃。它们生机盎然，长得茂盛。据说这个植物园引种了几百种杜鹃，但确实没有找到成为大树的杜鹃！据说在植物园中还给福瑞斯特设了专馆，但我们也没有找到。

我们寻找植物园的管理人员，没有找到。找到了守门人，他对我们的问题，也是一问三不知。

是因为语言问题，还是对植物园了解太少？

因为时间较紧，无法再作盘桓。

回到伦敦，我们再去自然博物馆，但仍未找到大树杜鹃标本的圆盘。

1998年，我再次访问冯国楣先生时，说到此事。他说他去英国访问时，也去自然博物馆找了，也未找到。他曾向博物馆问及，答复是：展品太多，有的就收藏起来了。

难道是因为它太珍贵了？这个情结，一直系在心头。

我常常和朋友们谈起这个心愿。

也有朋友说:"那不就是一棵树吗?特殊一点的是杜鹃花,是一棵长成巨树的杜鹃花。你已看过很多不同的杜鹃花。要是还想看,我们的大别山、黄山,一到春天,满山满坡都是红灼灼的映山红,何必要花那么多的钱,吃那么多苦?作家写作品,都要像你这样深入生活,还要不要写?再说,你可不是小青年,别忘了,你已年过花甲。就算你真的去了,找到了,那又怎样呢?"

不,那寻找的不仅仅是一棵树,那是一种精神……

不,不,那不是一棵平常的树,那是一棵大树杜鹃王,是国宝!那是一个生命,是我们人类能看到的、诞生于几百年之前至今依然鲜活的生命!那是一部历史!

寻找是一种向往,是一种期待,是一种探索。虽然在探索的过程中充满了艰辛,充满了危险,充满了困惑和迷惘,但寻找本身就充满了乐趣和发现的喜悦,寻找是一种享受,是一种追求!

寻找使你的生命充满了活力,使你的生命更新,每天都是崭新的一页!

寻找,充满了无法抗拒的诱惑和魅力。

一个人如果没有了追求,那是什么样子呢?

一个人老不老,不在于年龄,而在于是否还有追求!生理的年龄代替不了心理的年龄!

后来,又去了几次云南,但都没有机遇。

1998年,老朋友卿建华决定帮助我实现这个愿望。他当时在林业部任司长。

这年7月,我和李老师先到了昆明。刚在旅馆安顿下来,就赶着去拜访冯国楣先生。

冯老已搬新居,他还是那样笑呵呵的,红光满面,神采奕奕,若不是满头的银发,很难相信已是81岁的老人了。刚说到大树杜鹃,他就从书橱中搬出了三大本《中国杜鹃花》,书很厚重,封面左上角印着"冯国楣主编",装帧精美。打开后，那一幅幅多姿多彩的杜鹃花，映得满屋生辉！

我在书中找到了大树杜鹃，久久地注视着熙熙攘攘的花盘，那浓淡不一的红艳、熠熠生辉的花朵，那巨大的叶片……眼前自然浮起了冯国楣在山野中数十年寻觅的身影……我感到书特别地沉重，因为浸透了他一生的心血和汗水，饱含着民族的自尊、科学家的自豪。

不错，福瑞斯特和其他的植物学家，从中国采走了大量的植物标本，将杜鹃花引种到西方。但无论怎样地成功，那都是生长在庭园之中的。参观者无福欣赏到生活在大山里、森林中、自然中的杜鹃花的风采，无缘一睹这些高贵的花王在故乡的容颜。这就是三大本《中国杜鹃花》所散发的另一种魅力。

当然，顶级的享受，还是迈步到山野中，去探望鲜活的杜鹃花！

我告诉冯老，这次就是去腾冲寻访大树杜鹃王，去圆梦的！冯老凝神注视着我们，好一会才说："你还没忘？"

"怎么可能？"

"好！好！"

第三天，我们到了高黎贡山国家级自然保护区保山管理局，受到了赵晓东局长的热情接待。他在介绍高黎贡山神奇的生物世界时，细声慢语，极富有感染力——一座雄伟、多姿多彩的大山，灵气洋溢地浮现在我们的面前……

当我提出要去腾冲重走当年冯国楣的寻梦之路、寻找大树杜鹃王时，他沉吟半天，才说：

"现在正是雨季。公路只通到大塘，是简易公路，路况差。还要在原始森林中走几天的路程，要在野外宿营，蚂蟥、毒蛇、猛兽又多。无法去！"

一股寒气袭来，我的心往下一沉，随即使出了浑身的解数，死磨硬缠。

赵局长不焦不躁，最后，只好说："你们先去腾冲看看吧！"

离开保山时，烈日高照。吉普车行了近两个小时后，出现在面前的高黎贡山却在云遮雾罩中，李老师想拍一张远景也没有办法。

雪山风景

　　到了潞江坝子，咖啡已经结豆，木瓜散发着诱人的浓香，热烘烘的风吹得人浑身冒汗——一派热带风光。正在观赏榕树独木成林奇观时，老天变脸了，细雨霏霏。

　　跨过怒江大桥，刚盘上高黎贡山，倾盆大雨劈头盖脸而来！

　　烟雨深锁高黎贡山。我们只能看到公路旁二三十米处陡峭的山岩、黑森森的大树。

　　司机一边开车，一边注视着左边的山崖。不断有碎石从山上滚下。我知道他正警惕着塌方和泥石流的危险，车内立即陷入沉寂之中。我和陪同的艾怀森科长，也都帮着观察前方的情况。那天，直到傍晚时我们才到达腾冲。全程也才两百来千米。

我连夜拟定了几种方案去找大树杜鹃王。可腾冲的朋友,竟没有一位说这些方案有一丝可行性。

一连三天的大雨,下得天昏地暗。那结局是可想而知的。尽管时隔近20年,还是重蹈了冯国楣他们二下腾冲的覆辙。

我对横断山脉有了特殊的关注。1999年、2000年两次去青藏高原。后一次从青海到西藏,进入横断山脉,然后经左贡、芒康,到云南的德钦、中甸、丽江……背后的原因,多少与高黎贡山,与大树杜鹃有关。

在我去了国家林业局长期工作生活时,有了机缘。2001年,我已开始筹划去圆梦大树杜鹃王,得到了保护司和李忠处长的热情支持。

真是应着好事多磨这句话,次年1月底,李老师在抱孙子下楼时,摔断了左腿足踝处的一根小骨。

多年同甘共苦的探险生活,已将我们的梦想、追求交融在一起。我不能留下她,独自享受探险的荣耀和自豪。

3月中旬,李老师拆去了左腿的石膏,经X光检查,已基本愈合,但走路时仍一瘸一拐。医生建议休息,不要走长路。

虽然无比焦急,但我一点也不敢稍露情绪。

3月下旬,李老师催促上路,但两个儿子都不赞成。我向他们保证,会量力行事,必要时,将把她留在山下,或者租用一匹马……

话虽如此说,我哪敢大意,那儿毕竟是高山深谷,若是留下了残疾,以后如何一道去探险?于是我先安排了一次短途活动。

三访冯老

冯老当年立下誓言："在我有生之年一定要找到大树杜鹃。找不到大树杜鹃，我死不瞑目。"

4月初，我们从合肥乘飞机先到昆明，第二天又去拜访冯国楣先生。

慈祥、雍容的冯老，乐得像个孩子："你们是二探大树杜鹃了。魄力、韧性是探索中的太阳和月亮。相信这次一定会成功！"

与4年前相比，冯老还是那样硬朗，没有多大的差异，我们祝他长寿。

冯老说："3月份，朋友们有个聚会，纪念寻找野生大树杜鹃圆梦二十一周年。来的朋友很多，当年一同去腾冲的潘光华、杨增宏、园林局的老王都到了，可惜，老吕已长辞人世……"

李老师眼尖，看到案台上有一物件闪光，我连忙走了过去。这是昆明植物研究所送来的礼品，上书：

冯国楣先生：

　　寻觅大树杜鹃王二十一周年纪念

　　发掘资源半世纪风尘仆仆劳苦功高登哈巴玉龙点苍下版纳河口文山风餐露宿辛勤采集三十八万平方公里何地不有公足迹

　　献身科研五十年身体力行一往如昔觅奇花异木良药涉植物林业园

续梦大树杜鹃王——37年，三登高黎贡山

艺名花专著誉满中外植物科学诸多方面各处皆有君贡献

中国科学院昆明植物研究所

2002年3月23日

黑底庄重、金字闪光。不仅仅是纪念在山野寻找到了大树杜鹃，更是一座"纪念碑"，记录了一位植物学家一生的劳碌，一生的奉献！

昆明植物研究所办了一件大好事！

这次的聚会，并不仅仅是纪念性的。

我们很想见见当年一同三下腾冲的朋友，电话联系了好一会，只有杨增宏教授在，说是马上过来。

中国科学院昆明植物研究所表彰冯国楣教授的匾牌

富态的杨增宏教授来了，满面笑容，相互问候之下，他说："我今年75岁，比恩师冯老小整整10岁。"

心灵一动，记忆中的几位植物学家的面容浮现，都是乐观的笑容，豁达大度的风范——这是大自然给予的。他们长年在山野中跋涉，与植物世界同呼吸，理应有大自然之灵气。

他说："冯老当年立下誓言：'在我有生之年一定要找到大树杜鹃，找不到大树杜鹃，我死不瞑目。'我们都是在他这种精神感召下，投入了寻找的工作。这不仅仅是一个杜鹃花的新的品种，这是民族的尊严，正是在这过程中，我爱上了杜鹃花。"

冯老的这种精神,感召的仅仅是一代人吗?

我想到现在有的青年,说什么要淡化爱国主义,你批评,他却振振有词地说什么"世界都在一体化了"。他们更应该读一读这段历史!

其实,直至今天,仍然有人心怀叵测地想到我国盗取生物资源(在以后的章节将要谈到)。

有两件事非常巧合,是冯老圆梦大树杜鹃于 1981 年,时值 64 岁。我今年刚好也是 64 岁,也是去圆梦大树杜鹃。二是纪念寻找大树杜鹃,选择的不是 20 周年,却是 21 周年。而正是 21 周年之际,我们重走冯老他们当年的路,去寻访大树杜鹃。这是偶然还是心有灵犀?这种巧合预示着什么?

我也想起了,杨老是《中国杜鹃花》第三册的主编之一。

在回忆当年寻找大树杜鹃那段经历时,杨老有着很多的细节,透露了这次聚会中重要的内容:

找到大树杜鹃后,恩师又有了一个心愿:将大树杜鹃请出深山,移入庭园,满足老百姓观赏花中之王的渴望。

首先是在昆明,放在世博园中栽培,再送给世界人民!

我们曾经做过试验,在民光那边,采到了果实,培育出了三棵苗,但只剩下了两棵。移栽后,却都夭折了。

朋友们就此事讨论了很长时间,我相信恩师的愿望一定能实现。

追求,使生命焕发出光华!

杨老拿出了英国人出的一本杜鹃花的书,那上面有他拍摄的数种杜鹃花。这本书若与冯老主编的《中国杜鹃花》相比,那就黯然失色了。

我们在门外合影,特意选在一棵叶如芭蕉但金黄如莲的花旁。冯老说:它叫地涌金莲。多响亮的名字。

冯老、杨老在居所前为我们送行(中为冯国楣教授、左为杨增宏教授),李老师为我们拍照

冯老和杨老都说,这算是为我们送行,祝一路顺风!

遗憾的是李老师要拍照,无法进入画面。

从昆明乘飞机到保山。赵晓东局长一见我们,就笑得非常灿烂:"真出乎我的意料!很高兴有你们这样的朋友,高黎贡山确实值得你们如此眷念。可惜晚了一点,看不到大树杜鹃王盛花的神韵了。眼下正是旱季,这次应该能够如愿找到它。"

在赵局长精心安排下,当天下午我们就出发去腾冲了。

这次给我们安排了部越野车,同行的是郑云峰。他曾在安徽农业大学就读4年,有半个老乡之谊,显得亲切。师傅小杨胖乎乎的,风趣幽默,技术高超。

天气晴朗,但薄雾依然笼罩着高黎贡山。李老师对光线很敏感,直咂嘴。我安慰她:大山有云是常事,现在是旱季,雨季还有20多天才来哩!

怒江此时正是枯水期,江边露出了大片的沙地、砾石,水色青青。除了在怒江的源头，我是第一次在它的下游看到浑浊的怒水变清。后来在贡山时，有朋友多次向我描述过怒江优美的水色。我们都希望怒江水色一年四季都美，这得仰仗怒江流域的森林能再蔽日。

车出保山不久，我就看到公路两旁白花花一片，如栅栏一般，那是一种植物的花，叶子已经枯黄。有的地段，它们不仅占据了路边，且向两侧的深处发展，我感到很奇怪。

途中停车时，我去察看，终于认出了它就是可怕的紫茎泽兰。记得1998年走这段路时，并未发现它如此猖狂。

我想起了21年前冯国楣教授发出的关于紫茎泽兰的危险警报。1997年，在海南最南端的坡鹿自然保护区，它对生态的巨大破坏性已初见端倪。

小郑说："它的种子很小，车在行驶时的气流，无疑帮助了它的传播。群众又叫它'飞机草'，据我们的观察，森林被砍伐后留下的空地，实际上是为它的入侵创造了条件。你可以注意：凡是森林覆

"地涌金莲"。诗一般的名字，才为诗一样的花朵增色

可怕的入侵者——紫茎泽兰

盖较好的地方,它就无法侵入。"

我们这次三四百千米的行程,紫茎泽兰的身影无处不在,从高黎贡山的山脊,一直到村前屋后,田边地角。有时一个山坡上,满目白花,尤其是在开花结籽的紫茎泽兰旁边,正有另一株花蕾已出的紫茎泽兰在生长,情景令人毛骨悚然!

科学家,至今还未研究出控制它的有效办法。

后来,我们在昆明看到一份小报,那上面有《通缉紫茎泽兰》的标题,据测算,它对牧场、对生态环境的破坏,每年造成的损失高达数百亿元!这是个惊人的数字。

我们再次感念冯老 21 年前的警报。

傍晚时到达腾冲。这座古老的边城与 4 年前相比,已焕然一新,变得需要重新认识。一条宽阔整洁的大道,大道中间有绿地、鲜花,旁有广场。一座高黎贡山之母的雕像,背依着大山、绿水。古老的小城洋溢着青春;已很难找到 4 年前的陈旧、凋零……

美丽的白杜鹃(李登科 摄)

猎人之死

他在倒下的那一瞬间，看到了什么？想到了什么？

福瑞斯特的第二则传奇故事，就是在这里上演的。

他的兴趣，并不仅仅在于植物。

高黎贡山生物的丰富多样性，包括了珍禽异兽，如属于国家一级保护的，就有长臂猿、蜂猴、灰叶猴、戴帽叶猴……在鸟类方面，高黎贡山素有"鹛类王国""雉类乐园"之称。

大家都熟悉画眉嘹亮、婉转的鸣叫，其实鹛类的鸟不仅体型优雅，毛色绚丽，且都是歌唱的能手！美妙的音乐被誉为天籁。

画眉科的鸟是个大家族，全世界近 260 种，我国有近 120 种。科学家在高黎贡山已记录到近 90 种，而且其中不乏只有在高黎贡山才能看到的特有品种，如剑嘴鹛、火尾绿鹛等等。

雉鸡类，我国有 60 多种，高黎贡山就有近 20 种，如生活在高海拔的雪山附近的白尾梢虹雉，就是以其美丽和稀有而著称的。

丰富的动物品种，也是福瑞斯特觊觎的对象。

1932 年的一天，他在野外采集时，发现了一只美丽的小鸟。

在野外采集鸟类标本是件困难的事，不仅因为它们警惕性高，更因为它们有着人类梦想的翅膀，只要它们感到了一丝危险，脚一蹬、翅一展，就影踪全无了。有时又像是特意要你、逗你，飞一段停下，等到你接近了，再飞一段……甚至还扭过脖子，瞄你一眼，叽叽喳喳叫上一两声。

福瑞斯特耐心地、像猫一样轻轻地接近，终于，那鸟已在猎枪射程之中……

他扣动了扳机，枪响了。

美丽的小鸟飞走了。

福瑞斯特却应声倒下了！

他在倒下的那一瞬间，看到了什么？想到了什么？

那美丽的小鸟飞向了蓝天，自由地飞翔，热情地歌唱——生命的美好！

我们无法知道他想到了什么，但有一点是可以肯定的：沮丧、绝望……因为那是他热爱的工作，他再也不能随心所欲地猎取了。

福瑞斯特再也没有醒来。

检查结果显示，身体的外表没有一处伤口，枪膛也完好无损，完全排除了猎枪事故所致。

结论只有一个：心脏病猝发！

为何是在这样的时刻猝发心脏病？

那只美丽的小鸟一定是他从来没有见过的，而那只小鸟又被猎枪锁定，唾手可得，这使他极度兴奋……

据说福瑞斯特生性孤傲，很难与人相处，一生未婚。作为一个植物学家，他的执着、勤奋、顽强不屈……都已记录在他所采集的标本、定名的物种上……

我们去腾冲来凤山，福瑞斯特就葬在那里。来凤山是火山爆发后留下的火山锥，在90万年前的一次大喷发中，从地层深处流出的熔岩向四周蔓延，腾冲市就建在冷却后的熔岩之上。来凤山现在是国家森林公园。

进入大门后右拐，在向阳的山坡上，林木葱郁处，有老百姓称之为"洋人

屹立于腾冲广场的"高黎贡山之母"雕像

坟"的墓地。我们找到了一块墓碑,那上面刻有英文,虽不是福瑞斯特的,但已证实了存在"洋人坟"——外国人专辟的墓地。经过60多年的沧桑,已找不到福瑞斯特的墓碑了。

无法知道福瑞斯特是否热爱这块土地,但这块土地是他工作了28年、给予了他成就和荣誉的地方!

也许,这就是为何他的遗体没有被运回他的祖国,而是葬在了这块墓地的原因吧。

墓前开满了蔷薇和各色的野花,滇楸紫莹莹的花穗尤为鲜艳,一片挺拔的桤树林如绿云浮动……

在墓地前站了很长时间,我的思绪在历史的时空中穿行……

从墓地出来,不知为什么,朋友又将我们领到当年设在腾冲的英国领事馆。这并不是座典型的英式建筑。二层楼,较大,前面已有建筑物遮挡,后面底层没有开门。楼梯在外,分左右。楼上的门上都已加锁,无法窥视到里面的情况。

向导指着墙上布满的大洞小眼说:"这都是当年与日寇激战留下的弹痕。"

1944年5月,中国远征军第20集团军,为收复被日寇占领的腾冲地区,强渡天险怒江,对日军展开了猛烈的攻击,浴血奋战四个多月,终于收复了失地,歼敌6000余名。远征军攻打腾冲时,日寇据守这座房子顽固地抵抗,战况尤为惨烈。

累累弹痕,忠实地记录了历史的一页。

城西建有国殇墓园,占地5万多平方米。松柏参天,建筑雄伟、庄严,纪念着在与日军作战中英勇献身的9000多名中华英烈!

英国领事馆的旧址

有人说，这是我国现存的、最大的一座纪念抗日将士的陵园。

1998年来腾冲时，我们曾在国殇墓园中瞻仰了半天，诵读着每块墓碑上将士的姓名……碑不大，却闪耀着夺目的民族精神的光芒！

据有关资料，英国领事馆馆址有过变迁，此处是最后的建筑。当时的建筑物有数幢，现存的只是经历战火后残存的。英国领事是在日寇侵占腾冲后，悄悄撤离的。

朋友由福瑞斯特墓地领我们来此，大约是为了展示腾冲被侵略的历史。

到达高黎贡山国家级自然保护区曲石管理所，已是夜晚。院子里满是花草，月色如水，依稀看到梨树已挂青果。朋友们聚在梨树下喝茶，热情地为我们这次行动出谋划策……

第二天清早起来，却阴云密布，真是天有不测风云！我们的心情也沉重起来。

在这里还有些准备工作，主人安排我们去黑鱼河观看火山爆发喷出岩浆的杰作……

火山爆发

它的休眠期有多长？谁能预测出哪座火山最先苏醒？再次爆发将有多大的规模？

板块漂移，造山运动，形成了复杂、多变的地质，是造就高黎贡山丰富的生物多样性的原因之一。

火山群与高黎贡山的关系，一定是人们较为关注的问题。

腾冲是我国三大地热地区之一，蕴藏着丰富的地热资源，是印度板块和欧亚大陆板块相互挤压较为明显和集中体现的地区，地质活动异常活跃。

全县有90多座火山锥、80多处温泉、数以万计的泉眼，沸泉、气泉更是一大奇观。温泉中因含矿物质的不同，具有了多种性质；有的甚至含有毒气，成了死亡泉……

90多座火山锥、火山口……组成了我国罕见的地质博物馆、火山群博物馆。

过去，一般都认为腾冲的火山是死火山。20世纪90年代初，我国地质学家研究的最新成果证明了这些火山并没有死亡，而只是休眠。那么，它的休眠期有多长？谁能预测出哪座火山最先苏醒？再次爆发将有多大的规模？

或许，正当我们在火山口观察时，大地突然颤动，随着一声雷鸣，赤红的岩浆已奔突而出，冲上云霄……

鸟瞰大空山、小空山、黑空山——三座火山口由南向北一字排开

这一新的科学发现,为腾冲的火山群平添了更为神秘的色彩,增加了探险的魅力。

根据历史的记载,腾冲火山最近的一次爆发,是380多年前,地点是打鹰山。打鹰山又名马鞍山,在县城西北10多千米处。著名的探险家徐霞客是在它爆发30多年后去的,经过实地考察,作了详细的记述:"土人言,三十年前,其上皆大木巨竹,蒙蔽无隙。中有龙潭四,深莫能测。足声至则涌波而起,人莫敢近。后有人牧羊于此,一雷而震毙羊五六百及牧羊者数人。连日夜火,大树深箐,燎无孑遗,而潭也成陆。"

"足声至而波涌起",在现代,则称之为"应声泉",由声音的震动,引发了地壳运动。这显示了这里的地质特点。

"土人言",显然是一场火山雷鸣般地喷发、惊天动地的景象。

徐霞客还记述了对火山口的考察:"山顶之石,色赭赤而质轻浮,状如蜂房,如浮结成者,虽大至合抱,而二指可携,然其质仍坚,真劫灰之余也。"这里所描述的是一种典型的火山石,再次证明了火山的喷发。

徐霞客是1639年到腾冲地区的。打鹰山火山的喷发,当在1609年左右。这之后虽然没有火山喷发的记载,但地震是不断的。有人统计,自1502年以来,腾冲地区5级以上的地震有过70多次。最近的一次是1996年的丽江大地震。1998年我们在巴腊掌时,向导曾指一沸泉说:"以前没有这个沸泉,它是1996年大地震后才出现的。"2000年8月,我们在丽江的下虎跳峡考察时,亲眼看见了江对面哈巴雪山崩塌的山体——那是一面大山突然崩裂——堵塞了长江,使长江断流数小时。向导说那是1996年大地震的"杰作"!

我们瞠目结舌,久久地注视着山体岩石的节理,推测着、想象着当年那惊心动魄的瞬间……

大自然所孕育的力量,无法估量,令人敬畏!

火山群中,年龄最长者是来凤山,约90万年;年龄最小者是打鹰山,尚不足400岁。

城西10多千米处的火山公园,由小空山、大空山、黑空山作为主体。三"空"由南向北,一字排开。山山相距五六百米。小空山最矮相对高差只有50米。黑空山最高,相对高差200多米。"空"字已非常形象地描摹了火山口的形状。

1998年第一次来腾冲时,在大雨滂沱中,到了小空山。老天有情,在我们登山时,雨停了。

火山口如一巨大的锅,四周的树林显得"锅"底深幽。无水,长满了青草。

未带仪器,只能目测,那"锅口"的直径总在一百五六十米。当年,有多少炽烈的岩浆,由地心深处,从这巨口中喷向天穹?它只爆发了一次,还是间断地喷发?我们无法知道,只能通过电视上火山喷发的景象想象着。但在它的"锅沿"上——其实是整个的山体——随手就可捡到各种火山石。

火山公园系近两年新建的,门楼雄伟、气势非凡。宽阔的台阶,直达大空山火山口。台阶全用玄色火山石砌成。

公园垒有各种山石和雕塑,都是取材于各种火山石,杜鹃花盛开其间,使这片园林别具一格。

右边为一陈列室,另有放映十多分钟的录像,介绍了有关火山的知识。

那些形状怪异的火山石,真是令人叹为观止!

火山弹:形状各异,有如炮弹,有如橄榄球,有如面包……质地也不同,或坚硬,或如浮石一般。地质学家有一种解释:岩浆从地层深处涌出,喷射空中的过程,是种高速运动,且不断旋转,犹如炮弹从膛中旋出,因而在冷却的过程中形成了诸多的形状。

火山浮石:称之为浮石,是因为它的密度小于水,无论多大的石头,都可浮在水上,又名水浮石,即徐霞客所说的"虽大至合抱,而二指可携"。其石大小不等,形状各异,但全是赭赤色。难道地心的岩浆,竟有密度小于水的?地质学家解释:当然不是。这是因为岩浆喷出地面后,喷火口四周的熔岩泡沫急速冷却,因而形成了众多的气孔,状如蜂窝。

一般的火山石,玄色,多数有气孔,这在腾冲随处可见,当地的各族人民早已将它用作建筑材料。登上数百级台阶后,终于到达山顶——火山口,因为光线和拍摄的角度影响,后来的照片上却很难看出它深深的锅状。在右边有一石碑,上书"天问"两个大字……

大自然的无穷奥妙,至今还深藏于地心的秘密,引人浮想联翩而又让人不知所以,只有问天了!是人类的无奈,还是激励人们高扬探索精神?

熔岩在喷发中,常产生很多气泡,有种火山石也就成了蜂窝状,可浮于水面,称之为"水浮石"

眺望黑空山,在它东西两侧各有一条绵延数里的熔岩流,那是当年它喷发的岩浆,从火山口溢出后,两条火龙各奔东西,冷凝而致。虽已历经了千万年,那熔岩流淌的动感,依然清晰可见!

在力与运动中,大自然创造了鬼斧神工的万千景象!

腾冲的90多座火山形状不一,这表明它们的成因各异。打鹰山、小空山、大空山、黑空山,为截顶圆锥状火山,火山锥如锅沿的圆台状,喷口清楚;清凉山则是多种类型叠置在一起的穹状火山;来凤山的火山锥则是盾状的;顺江的火山湖,又是低平马耳式火山……凡此种种,构成了火山地质的多姿多彩,组建了堪称一绝的庞大的火山地质博物馆。

地热奇观

赤红的岩浆，从地心涌出时，为何都成了有规则的六方形柱状节理呢？

腾冲的热海最为诱人的，当数澡塘河一带，我们曾两次去那里。

澡塘河在县城以西20多千米处。这是一个河谷地带，在这里近9平方千米的范围内，云遮雾罩，热气弥漫，密布各种地热。

最为壮观的是沸泉，又名"大滚锅"。它在河谷上方拐弯处的小台地上。

腾冲沸泉较多，尤以大滚锅为最，千万年来一直"沸沸扬扬"

我们正在登山时，忽然隐约传来了"突、突""噗、噗"声，抬眼望去，三四十米高处冒出一股铺天热气，催得我们急行。好一幅自然奇观：

一泓沸水，翻花涌波，四处鼓突，中央有一涌柱，跃出水面，如莲盛开，热气冉冉腾升，这就是最大的泉眼了！圆形池约10平方米，据说有近2米深。四周铺有石板，形为八卦。岸有石壁，书有"大滚锅"，未免有些俗，却是最真切的大实话！因此处水温高达摄氏九十七八度，据考证，多年来温差变化不大。

这口"大滚锅"不知已沸腾了几千年、几万年？日日夜夜、岁岁年年，永远是这样沸沸扬扬！

"大滚锅"旁有卖鸡蛋、玉米、花生和各种零食的。云南十大怪之一——鸡蛋拴串卖。我买了一串用稻草拴起的鸡蛋，卖者随即放入沸水中，二十分钟之后就熟了。它带有硫黄味，但吃起来别有一种风味。买玉米和花生时，卖者从池边石板槽下取出地热烧熟的。看来，这口大滚锅原状比现在的大，周围有地热逸出，是石板掩去了一部分。

关于大滚锅有很多传说，其中有一则广为流传，是说曾有一头牛，从山上跌入水中，等到捞起，已是一副白骨。大滚锅煮了一锅举世无双的全汁全味牛肉汤！

沿着大滚锅旁边的小路下行，整个热谷尽展眼前。缓步走去，可逐个欣赏奇观，热泉、气泉、喷突之声不绝于耳。

鼓鸣泉喷声如鼓，有气，有声，有泉，带来了地层深处的鸣奏。珍珠泉水珠晶莹，从地底冒出，散发着缕缕热气。

两股热泉，左井为男泉，右井为女泉，不知为何叫"怀胎井"

接着是眼睛泉、怀胎泉、美女池……

在蛤蟆嘴附近,热气从大片的山岩、碎石中冒出,一派典型的热气景象。

蛤蟆嘴状的喷口,实际上是由泉华形成的。它是一口间歇泉,时断时续地从"蛤蟆嘴"中喷出热气、热泉,真似一喷火吐烟的怪兽。

温泉的泉华,经过长年累月的积聚,能雕塑出千姿百态的形象,我们后来在石墙温泉出口处看到一巨型蘑菇,那也是泉华的杰作。

我们两次都未放过机会,躺在松针上倾听着地心的絮语,感受着大地母亲的热情……在温泉中享受着大自然的恩赐,除却了风尘……

离开曲石四五千米,见龙川江向右拐,不多远即是黑鱼河,沿着水电站引水渠向前,未走几步路,雨就噼里啪啦下起来了,下得我们心里起毛。

起先,我们在河边高大的喜树下躲雨。喜树直挺,叶肥大,绿油油的。但雨越下越大,我们只得赶紧返回。

这次人缘很好,可偏偏未结天缘。我们心里都很急,但又只能干着急。

下午两点多钟时,突然云开日出。我们喜出望外,又向黑鱼河走去。

我问黑鱼河的来历,冷场了半天。小郑说,可能因为河两岸全是黑色的火山石。刚说着,曲石管理所的老李就指着对岸一条小瀑布说:

"黑鱼河源于两眼泉水。你们看到水流上有个水凼吧?那里就有一眼泉,这是其一。另一眼泉还在上游。"

我扒开了灌木丛,极力在水凼寻找涌泉之处,更想过河去近处看看。可惜河面不窄,水也深,只好作罢。

河源为泉的,为数不少,很有神秘色彩。据说龙川江的源头在大树杜鹃王附近,那也是一个泉眼。2000 年,我们在青海玛多县探索黄河之源,到达鄂陵湖、扎陵湖,登上牛头山,正眺望着密如繁星的大片沼泽地,感叹着沼泽孕育大河时,向导语出惊人:

"黄河真正的源头,是三口涌泉!"

中华民族的母亲河,波涛万里的黄河,竟源于三眼泉水?

既不可思议,又感到那泉的无比神秘。我们立即要去寻访。向导说,不熟那里的路径,沼泽地可不是轻易敢进的!

后来,在西藏翻越东达山,在海拔5004米的山口,就在我的脚下,从山岩的石缝中流出丝丝清泉,它一路不断壮大,渐成一条小溪,极目处已俨然一条大河了……一股情思翻涌,有个声音在心灵响起,我顿然醒悟:

啊!这是大地的乳汁!

心胸豁然开朗,悟出了大自然的玄机,可又无法用语言表达,脑海里一会儿乱云飞渡,一会儿月白风清……这玄机和奥妙,大约也是任何语言无法表达的。

"看,快看前面的山崖!"

李老师一声惊呼,才将我从无尽的思绪中唤醒。

前面的黑鱼河,两岸有高崖相对,如峡。

右侧的山崖裸露,将玄色岩纹节理清晰地呈现。岩纹节理极明确地展示了它们的形状:无论长短、大小,无论是直立、横卧还是斜插,都是统一的长条石柱。这些形状相同、排列有异的巨石相垒,就组成了非常奇特的地质图案,显示出火山在喷发时,那神奇的力量的造化!

对岸山崖为另一景象,在河岸边、石崖下堆了很多石柱——河水冲刷山崖,山崖崩塌的产物。

近前,看清石柱为六角形,虽然它们都叠挤在一起,但绝不相连,各有独立的品格。最为奇妙的是,还有不堪上方的重压而弯曲的。

我们仔细地读着这本"大书",希冀从中得到一些信息,但它也如"天书",我们认不出那上面的字,看到的是无穷的神秘和迷惘。

岩下有一说明牌:

续梦大树杜鹃王——37年，三登高黎贡山

河谷左面的六方形柱状节理，像是精心设计与制作的，堆码得整齐有序，受到压力变形的状况历历在目

深埋的六方柱状节理，其柱头清晰可见

"玄武岩六方柱状节理，是火山喷发后由岩浆冷却及收缩所生的。特殊火山石，在世界各火山熔岩分布区内一般不发育，目前仅在腾冲火山群少数地区，发现如此典型的玄武岩六方柱状节理。"

下款并未标明这段文字出自谁手。

前一部分是说这是一种特殊的火山石——六方形柱状节理。但对于人们最为关心的——这些赤红的岩浆从地心涌出时，为何都成了有规则的六方柱形呢？这是一种什么神秘的力量产生的呢？难道在地壳深处就有这样的构造？同是岩浆，为何又不粘连在一起呢？——只字未提，大约是作者本人也不知道。或许这就是这种奇特的火山石的魅力吧！

在腾冲，有六方形柱状节理的火山石，不仅仅是曲石，在芒棒、叠水河一带也有，只不过此处最为典型。

053

后面一段文字有误导之嫌。

其实,在我国还有出产六方柱状节理火山石的地方。1999年4月,我们在福建龙海县(今龙海市)去海滨参观2200年前古火山口时,因计算海潮的时间有误,潮水已将火山口淹没。但在潮水刚达到的岸边,我们看到了一根根六方形的石柱,都向一个方向倾斜,虽然只露出柱头,柱身全被沙掩埋,但那一个个六方形柱头是非常清楚的。我们还在上面走来走去,猜测着是何人,为何将它们这样排列。向导说:这是一种特殊的火山石!我们惊讶,惊讶中问了一串的问题。向导说他也不知……

傍晚时,天又阴沉。朋友们对这个时节天气如此骤变都很诧异,我们更是忧心忡忡。商量的结果是决定连夜赶到界头,再向出发地大塘靠近30多千米。

做出这个决定的含义很明白:旱季的晴朗可能已经过去,再想有几个晴天可能性不大,寻访大树杜鹃王,只有视天气状况而定。

大家动手,将帐篷、睡袋以及野外的装备装到车上。管理所又派了一位彭科长同行,帮助我们安排进山的各项事宜。

千岁银杏王

其叶色彩四季多变，各有风采。

车行十多千米，停下。小郑说：这里就是永安了。我感谢他们的好意。是的，在和文明的回忆中，60多年前搬运大树杜鹃标本时，曾在此住过一夜。正是这个"永安"，使冯国楣找到了界头，找到了寻找大树杜鹃的路线。

老彭说，这里过去多是木板房子，几遭火灾后，才改名为"永安"，并说停车处就是辛寨，这里铸出的犁头很有名气，不可不看。

沿着泥泞的小路，在寨子中串来串去。据介绍，这里的本土居民原是傈僳族和景颇族，多是刀耕火种。直到中原文化和先进的生产工具传入后，生产才有了较大的发展，铸造犁头的技术的传入，就是最好的例证。

记得第一次到腾冲，很多朋友自报家门时，都说祖居应天府（即现今的南京），我当时非常奇怪，他们解释说：祖辈是在明代大移民中被迁到腾冲的。明史中确有这段记载。

铸犁头的技术是那时带来的？朋友说，这附近还有手工造纸的，宣纸制作至今依然使用古老的造纸方法，现在也成为旅游点了。

在参观古老的铸铁工艺时，我的思想无法集中，古老、现代，这两个词总是在一起搅和。

直到在巷口，看到一株贴梗海棠红艳的小花，思绪才又兴奋。贴梗海棠是学名,这里的百姓也叫它木瓜。此木瓜即《诗经》中"投我以木瓜,报之以琼琚。匪报也,永以为好也……"里的木瓜。我曾为认识它,有过曲折和笑话。《木瓜》诗是古代卫国民歌,那时的卫国在今河南滑县一带。木瓜的生产地应在中原地带。在南国边陲见到,尤感亲切。特别是第一次见到了它的花。木瓜是味中药,具有祛风去湿、舒筋活络、和胃化食的功效。我的家乡出产的"宣木瓜"即为上品。我问木瓜树的主人,主人说,不当药材卖,只是家用。将成熟的木瓜泡在水中,味酸,作调料用。这是很科学的保健食品了,也是源于对植物世界的认识。

界头是个古镇,我们到达时已是晚上。夜间,风雨大作,雷声隆隆。我和李老师都坐起了,很焦急。

早晨仍是大雨,我们一筹莫展。保护站的周站长冒雨而来,带领我们去看银杏王。银杏是古老的孑遗植物,被称为"活化石",与恐龙同时代。树型高

刘先平、李珍英与千岁银杏王

雅,春天来临时,其叶如羽,嫩黄,很美。春深,叶碧绿。秋风一起,叶染金黄。其叶色彩四季多变,各有风采。近几年,对银杏素的研究很有成绩,随着经济价值的提高,银杏被广泛栽种。

车在简陋的公路上冒雨行驶,速度很慢。

银杏又名白果,银杏王就在白果村。看到银杏王雄伟的身姿时,雨渐停。

村前高地上屹立着两棵银杏,树干通直,虬结多棱。在20来米处,主枝已老断,但主干下部生出了繁枝,翠绿的叶片油亮,生机盎然。这老树新叶的景象,让人顿时生出无穷诗意。

银杏王原为一雌两雄,雌树居中,银杏为雌雄异株。中间最高大的一棵,树高约20米,胸径为4.2米。树龄当有七八百年之久。历经风雨的老树,5米之下,树心已空,居民曾将其作为猪圈,养猪其中。

因它们在居民屋旁,又位于进村的路口,熬得过岁月,经不住人为的破坏,有一老树枯倒。适逢普查名木古树,当地百姓下决心将树旁的一户迁走,当然也赶走了寄宿于树中的猪,并采取了保护措施,才使得这两棵银杏王能生存到今天!

中午,太阳居然出来了,高黎贡山一片蔚蓝,雪山银亮,带状白云浮在山腰。

太阳照得我们心里一片灿烂。

来腾冲后,吃了很多野菜。午餐时,老板端来一碟大叶生菜,还特别加以介绍,说是山葱,生长在雪山上。诧异之中,赶快尝一口,确有一股葱味,但其叶何以相差这样大?又有一种米酥果,杏儿般大小,墨绿的,手一捏软软的,吃到嘴里绵绵的。小郑认出了,说是杜英科一种树上结的果。当地人对植物世界的取舍,源于他们对那里植物世界的认识。从饮食中,也可见高黎贡山阔叶林文化一斑。

我们欢欣鼓舞地奔向大塘。阳光带来了巨大的鼓舞!我们并不奢望,只要

高黎贡山国家级自然保护区大塘保护站是进入保护区的门户，我们在这里做好进入深山无人区的各种准备工作

有三四个晴天，就太好了。

大塘是高黎贡山西坡保护区最北面的一个管理站，守卫着通向大树杜鹃王的门户。路面凹凸不平，越野车也不敢轻举妄动。但还是较顺利地开到了大塘。管理站有一幢两层的木楼，院里绿树婆娑。

多年前，这条简单公路尚未修到此处。冯国楣在界头和大塘之间，就只能弃车步行了。

其实，从腾冲过来，我们一直是沿着一条大山谷前行的，方向和龙川江基本一致。山谷是个起伏的坝子，麦子正在抽穗，油菜花一片金黄，蚕豆已鼓起绿荚……

杜鹃鸟的歌声

黑夜中，杜鹃的歌唱，犹如火炬，闪亮了漫天的诗情画意。

大塘有温泉，热气在绿野中升起一缕白雾。我们无心去享受温泉沐浴，只是抓紧时间做着准备工作。这儿是我们去寻找二十一年美梦的出发地，大树杜鹃王已在招手，可以想见我们激动的心情。

小郑、彭科长忙进忙出，筹备须带的物资，雇用驮运物资的马匹……

大塘尚不通电，与外界联系的唯一通信设备是发报机，必须在夜幕降临前将主要的准备工作做完。李老师在擦拭照相机，我则忙着另一部照相机的调整。昨晚虽然已将摄像机充满了电，但我还是很仔细地检查，生怕稍有疏忽，给明天的探险带来损失。

其实，最令我担心的是李老师的腿伤，这些天每晚她都要揉搓半天，踝骨处仍然肿着。明天的路很不轻松，我们最少要走五六个小时，才能到达第一宿营地，更何况若是天气较好，很可能要连夜赶到大树杜鹃处，以防天气变化……

我试探着问她的腿伤情况，她说：

"没事！攀登梵净山时8000个台阶，我只用6小时就上去了，你还迟到了一刻钟哩！"

"那已是三年前的事了，那时你才60岁，今年可是63了。最让人不放心

的,是你的腿伤……"

"没事,没事!你别婆婆妈妈的。你说带多少胶卷?"

"还剩多少?"

"50卷吧!"

"全带上。摄影包里放十卷就够了,其他的都放到马驮的包中。"

在野外探险、考察,我历来主张宁愿浪费胶卷,也不能留下遗憾。道理很简单:探险处都是人迹罕至的地方,何时再有机会?

李老师虽然是豪气冲天,特别能吃苦,但骨折后的恢复期……若是有个疏忽,落下了残疾,她还能再去探险?我怎么对得起她?

我找到小郑,请他多租一匹马,以防万一。小郑看到李老师每天走路时一瘸一拐的模样,很理解。但他说,听说这条路很险,骑马会很不安全……

高黎贡山

  他说得有道理,我们有这样的经验。前年在梅里雪山,登明永冰川时,租马骑着上去了,下山时遇雨,在陡坡(其实并不太陡)时李老师差点从马上摔下,惊得我出了一身冷汗,蹭伤的腿使她此后几天行动都不方便。

  我又提出请一位向导,小郑说行,实在不行了,就将他们留在途中,再给一顶帐篷。

  傍晚时,远山起云了,这才发现不知什么时候天空也漫起了薄云。

  李老师挺忧心。我试了一下风向,说:"北风刮得正紧,只要风不停,在这季节,天气不会有大的变化。"

  小郑却招呼我去吃东西。那是一碟青梅,我进院子时,已看到一棵枝梢红艳的梅树上缀满了青果,嘴里立即浸满酸水。我摇了摇头。小郑说:"你这样吃过?"说着捡起一颗青梅,先在盐巴中蘸蘸,又在红辣椒粉中蘸蘸,然后就吃了起来,那副津津有味的模样,实在诱人。我也如法炮制,那酸、那咸、那辣、那辛……立即涨满了口中……我想,他们要的,就是这样的味吧?

怕鬼,鬼就来了。李老师匆匆走来,说:

"风停了!"

突然,鸟鸣声使我神情一振。它在远山叫,节奏鲜明:三声一度,前一声稍低,后两声激昂、洪亮、悠扬。杜鹃!肯定是它!

它也知道我们明天将去寻找大树杜鹃王,匆匆赶来助阵?还是明天将和我们一同去高黎贡山的深处?

这确是好的兆头,催人兴奋的号角……

风,真的停了。

不一会儿,西面、东面的乌云急骤漫涌……几只小鸟匆匆地停止了鸣叫,寻找着夜宿的林子。

只有杜鹃的叫声,更为嘹亮。

到了夜里,头顶的天空还偶尔露出几颗星星,山谷里一片寂静。

黑夜中,杜鹃的歌唱犹如火炬,闪亮了漫天的诗情画意。它是一种热情的鸟,无论是白天黑夜,只要高兴,就引颈向天,鸣奏美妙的乐曲。

我劝李老师别烦躁,抓紧时间休息,烦躁也徒劳,天要下雨,谁管得了?

劝她,我自己却无法入眠,但又不能起来去外面走走,因为那肯定会惊扰李老师。我只得在无边的黑夜中,默默地思考着根据天气变化需要采取的各种应急方案……

雷雨大作。被惊醒后,我靠在床头抽烟。李老师翻来覆去,摇得楼板和茶杯一片响动,很久,又安慰我:

"睡吧!还有很长的路,随他怎么下雨,反正这次是一定要去找大树杜鹃的,总不至于等十天半个月吧?"

鸟鸣声将我惊醒,好熟悉的朋友——黎明鸟!我们是多年的朋友!20多年前在黄山七十二峰跋涉时,夏天,它总是第一个唤醒黎明,我们也就在朦胧晨曦中,踢打着露珠,匆匆踏上路程。没想到在这边陲的山谷,也能和它相遇。可惜,只听到一声,或许它已唤了很长时间,而我并未醒来,因此生气了。

画眉、八哥、栗头雀鹛……一个接一个敞开了歌喉,院子里顿时生机盎然!这也证明刚才确是黎明鸟在领唱。怠慢了老朋友,真是不应该。

杜鹃、黎明鸟的歌唱,使我心里涌起温馨的波澜……都是来为我壮行的?急急看了看天气,雨停了,东天已漫起亮色,云层不算太厚。

大约是天色尚早,李老师看不清我的脸色,只好一仰下巴,"喂"了一声。

"再检查一遍要带的东西。胶卷一定要带足……你想好了没有?真不行,就留在这里等我!"

"别说故事了。爬我也要爬去,你放心做你的事……不过,最好能分段走,第一天不要走得太远……"

"那是最好不过的。看老天爷的脸色吧!"

在水边洗脸时,小郑走来了。我问:

"你看天气怎么样?"

"今年气候怪,真像是雨季提前20多天来了。局长有交代:由你定……高黎贡山是'一山有四季,十里不同天'。"

"去买蔬菜时,别忘了买十瓶风油精。下了几天雨,旱蚂蟥、马鹿虱子都要出动了……"

院里顿时响起小小的喧闹。车子发动起来了,脚步匆忙……

一只鹡鸰以特有的波浪形飞行姿势,停歇到水边,一会儿钻入草丛,一会儿在岸边啄上几口,黑白相间的羽色映在水中,犹如一个精灵。

天空逐渐开朗,但薄云仍遮去了太阳。

10点钟时,我们在杜鹃鸟欢乐的鸣唱声中,终于出发了!

河头傈僳族村寨

"我们经历过青藏高原两个月的考验。只要你能开车,不把我们甩出车外就行!"

前面的路,越野车无法行驶,只好将帐篷、睡袋等等,搬到吉普车后面。小郑、保护站指派当向导的小谷加上我和李老师,我们四人挤在一辆吉普车中。司机是位傈僳族的大汉,他说:"站长说李老师的腿还未康复,要我再送两老一程。这十几多公里不是'路',你们吃得消颠晃?"

"没事。我们经历过青藏高原两个月的考验。只要你能开车,不把我们甩出车外就行!'两老'担当不起,我们还年轻着哩!"

李老师说得大家哈哈大笑。

保护站所有的人都来送行,站长一再叮嘱小谷这事、那事……场面是十分感人的。

车在坑坑洼洼、崎岖的小道上,歪歪趔趔、上蹿下跳地行走。这实在不是"路",简陋、狭窄、年久失修,但它曾是一条公路的初始。在剧烈的摇晃、颠簸中,我的心中却涌起对冯国楣的感谢。

当地为了发展旅游经济,曾计划要将公路修到通向大树杜鹃的一号界桩。冯老听到这一消息,坚决反对,理由很简单:为了保护大树杜鹃、保护高黎贡山!有识之士也纷纷响应。当地政府采纳了这个意见。这是自然保护事业的胜利!

不久,我们便与一条浑浊的河流相伴而行,这河就叫"大河",大河是龙川江的上游。当年,冯老他们也是沿着这条河上溯。

山谷越来越窄,两旁的山坡都已开垦成农田,在有些地段,粗大的树桩还立在地里,甚至还长出一蓬新叶。不难看出,这里原来也是茂密的森林!

失却了森林的护卫,可怕的紫茎泽兰大肆入侵:田埂上,山坡上到处是它们一片白花花的身影;有一面山坡,已被它们全部覆盖。

有位刀耕火种的农民曾亲口对我说:"这样的火烧地,头年吃火气,二年吃力气,三年就吃空气了!不烧林子,又向谁要吃、要喝呢?"

在某些地方,生存和保护的尖锐矛盾,是那样触目惊心……

一桥横架在大河上。桥头的绿树掩映中,有座傈僳人的寨子。这就是大河

土路尽头,保护区外最后一个傈僳人的村寨。旁有一条从深山流出的小河,河上有木桥。这里大约就是冯国楣教授几番周折才找到的史料上记载的"大河头"

头村,就是当年冯国楣所要寻找的地方。但叫这个名字的地方有数处。直到找到这里,才找到了通往大树杜鹃的路。

我们在桥头下车,望着寨子,流连了很长时间……

"这桥是新建的,原来是座小木桥。这是最后一个寨子,前面就是无人区了。"傈僳族汉子是在催促我们上车。

过桥后,连"路"也没有了,车在河边的草滩、浅水区行驶。在冲过水域时,那溅起的水花,一片迷蒙。小郑连叫:"够刺激的!"

终于到达山脚,也是山谷尽头,两匹枣红色的马正悠闲地吃草。整整用了1小时20分钟才驶完这十几公里。在高速公路上,这是几分钟的路程。傈僳族汉子忙不迭地擦着汗水。

赶马人姓夏,是位敦实的汉子。我对他背着的长砍刀产生了兴趣。山民们上山,连孩子都会带上一把砍刀,既是生产工具,也是防身武器。黄山一带的砍刀和柴刀相似,约尺把长,刀前有弯钩,在爬崖时,可插入石缝借力。老夏的这把砍刀是长方形的,约有两尺多长,四寸宽,印象中和景颇族汉子用的刀一样。

野营的一切设备,都装到马上了。赶马人老夏先走了,留下有节律的铃声。他的儿子小夏和我们一路前行。

我仍在观察着险峻的山势。

小谷说,过了前面的便桥,就和大河分手,直奔大垴子。大垴子海拔高,路难走,全得爬山。大树杜鹃王在一片镶了金边的云下……

那是遥远的天际,大山的深处。

候鸟在迁徙时,多是沿着海岸线飞行,然后循着大江大河的入海口,往内陆。我参加过对相思鸟的考察,它们秋季集群,准备长途跋涉时,也是沿着溪流、山谷飞行的,山区的公路,也多是沿着河谷蜒蜿的。

按常规,探险者在山区选择路线时,首选是沿着河谷走。我在和杨增宏教授交谈时,他说的一些细节,证实了探险开头多是沿着河谷走的。但今天,过了便桥之后,就撇开它,直接爬山,要么是为了抄近路,要么是因为河谷过不去。但不管哪种情况,今天的路程将很不轻松。

我看着李老师,她正轻捷地踩着便桥上的圆木。

"你们看,这里的水又清又绿。它告诉我们,里边是还未受到破坏的原始森林,不像桥头的水,赤浑。"

一号界桩,将两个截然不同的世界分开。来路的山谷两旁,森林几乎被砍尽,而一号界桩之后——我们的前途,是高黎贡山自然保护区茂密的原始森林……

羊踯躅

正在感叹之间,小谷却说:"界桩挡不住偷猎、偷伐者的贪婪。前不久,我们截获了从邻国偷运来的一批野生动物,仅老虎皮、豹子皮就几十张,蟒蛇好几吨。刘老师,这够吓人的吧!原来这里的野雉很多——高黎贡山号称'雉类乐园'。你来了几天了,看到没有?保护区外的打完了,其实,保护区也难免于难,等会你就能看到……只要是市场上价格高的,就有人来偷,偷猎水平也提高了,我们保护站只有这几个人,要管这样一片大山,难!"

我吃惊地看着小谷——个子不高、满脸憨厚——这一路上,他没说上两句话,我以为他只是刚从学校毕业不久的学生……

登山者最忌讳上路就爬山,因为这时"脚还未走热",也就是尚未活动开,最容易使肌体疲劳。现在,不仅爬山,且路很陡险。李老师拖伤腿显得更为困难,小谷紧随她左右,甚至在前面拉着她,我一再提醒大家放慢速度,别急着赶路。

067

一树火红马缨花

小花形如钏，钟口挺出的花蕊在微风中舞动，似是鸣奏着芳香的乐曲……

一进入森林，我好像就变了另一个人：新鲜的空气中，林木散发的香味，沁人肺腑，令人陶醉。全身的每一个细胞都被激活了，我处于兴奋之中，感应着大自然的各种信息。

从林相看，这里的森林是中山湿性常绿阔叶林的边缘。青冈栎、长梗润楠、红花木莲、木姜……树干高大、粗壮，树冠将天空遮得只剩下零星的块块。林中阴暗、潮湿，树上满是青苔，附生、寄生着各种蕨类和其他植物，石上布满了深绿的石藓，使得路很滑……

崎岖的山道上铺满了厚厚的落叶，它虽然枯黄，但油亮亮的。它在对我说："我虽然是常绿阔叶林，四季常青，可我也落叶，也要回到大地母亲的怀抱，也要弃故长新，你知道为什么在这时落叶吗？"

是的，我知道，你已感知了自然的轮回，雨季即将来临，你在等待滂沱的大雨——生命的甘泉。一旦甘霖普降，枯叶化为养分，你就会用一蓬蓬的新绿，为生命歌唱……

"啊！红杜鹃，杜鹃花！"

李老师在惊呼声中，居然甩开了小谷，一纵一跳地向上跑去。那是一股喜

杜鹃花织成的锦绣大地

悦的激情给予的力量,激情能创造奇迹。

惊讶使我中断了和落叶的对话。

"那里很陡、很险,当心!"吓得小谷在后面边喊边追赶。

一棵10多米高的大树,犹如高举无数火炬;花朵大,娇艳得炫目——屹立在险崖的边上。

李老师喘着粗气,端着照相机的手颤抖着。我递去了矿泉水,要她平息一下再拍。

如火如荼的马缨花,热情而奔放,花形美丽多姿,由数朵小花组成大的花盘。我们曾见到直径总有 10 多厘米的大花。是杜鹃花中的早花,2 月底 3 月初就怒放了

　　细看那花,其实是由十几朵小花簇拥组成。小花形如钟,钟口挺出的花蕊在微风中舞动,似是鸣奏着芳香的乐曲。那俏丽的樱桃红,那如钟般的花形,那簇生于枝端、长圆状披针形草质的树叶,已确切地告诉我们:它是马缨花,或叫马缨杜鹃!是冯国楣主编的《中国杜鹃花》的封面上的花。

　　杜鹃花的色彩多变,即使是同一种杜鹃,花色也有红、有黄。马缨杜鹃还有深红色的,虽不如樱桃红的艳丽,但沉稳、朴实。

　　"你们见过大树杜鹃的花?"我问小郑、小谷。

　　小郑摇头,说是调来保护区工作年数不长,连大树杜鹃都未见过。小谷说:"见过!"

　　"也这样红?"

　　"颜色要浅一些,花大,比这大多了!马缨杜鹃最大的花,也只有近 20 朵

小花组成。大树杜鹃的一个花盘,是由 20 多朵小花簇拥在一起……可惜你们来晚了,二三月时,我们巡山,就在杜鹃花丛中穿来穿去。红的、黄的、白的、紫的杜鹃开得可灿烂了。有的一个山坡上,全是杜鹃花。再不会作诗的人,看到那繁华的景象,也会从心底涌出诗来!这也是辛苦的巡山中的享受!"

他真是不鸣则已,一鸣惊人!我们都喜欢上了这个小伙子!

山道愈来愈陡险了。从山势看,这座大垴子的右边,为河谷深处。大河在下方咆哮着。左边是稍缓的坡地。我们的路线是沿着右边山脊前进的,因而只能在窄窄的崎岖的山脊走,得侧着右边的深渊小心翼翼地寻路。从路况看,走这条路的人并不多,而且歧路常见。我们就时常走在落叶很厚、一踩水直冒的

白花杜鹃——大山银梦

地段。走这样的路,最大的危险是稍不当心,就会滑落万丈深谷。有时只得四肢并用——真是爬山了!

小谷指挥我们行动时,透出一股坚决、精明的气质。你听,他在前面喊开了:"别走外面的路,尽量往里靠。尽量别踩落叶走,容易打滑。一跌下去,谁都拉不上来。"

话未落音,我已一个趔趄前扑,幸而扶住了一棵小树。暗暗告诫自己:还是老实一点吧!

这种四肢落地的爬山方式,常有意外的惊喜。你看,陡坡上落满了花朵,樱桃红的,铺了一条无比豪华的路。抬头看天,只有绿叶和灰色的、褐色的、黛色的枝干,却怎么也找不到马缨杜鹃,然而我却意外地发现了一朵白花杜鹃,正靠在一棵栎树边,这才找到了它隐身之地——三四米高的树上。它扬起如雪的花朵,在这绿色的森林中,织成了银色的梦。

鸟在愉快地鸣叫着,不时从视线中飞过。黑领噪鹛的嗓门洪亮,常常只叫出一个单音节——"喀!喀!"表示它寻到了美味。

那只一个劲地婉转嘹亮地唱着的小鸟,将身子隐在树丛中,但声音不断变位,表明它正沉湎在爱情的追逐中。不信?细细听吧,在那悠扬激越的歌声中,会偶尔听到另一只鸟的响应……

石斛兰开在大树上

那花瓣中的红红黄黄，犹如少女的羞涩，还透出清幽的馨香……

有两只小鸟在林中追逐，红红的羽毛一闪一闪的，像是朱雀。难道就是它们的歌声？我的视线也追逐着它们，想看个究竟，或许是害羞怕臊，它们总是那样匆匆飞起，落下……

那是什么？

花！兰花！

附生在一棵大树上，是棵布满苔藓的栎树！

兰花开得那样天真无邪，那样娇嫩！那花瓣中的红红黄黄，犹如少女的羞涩，又还透出清幽的馨香……

大约也有一种感应吧！正在艰难中攀登的李老师，突然回过头来。一定是我的眼神使她有了发现，但她却没有挪步，只是喃喃地赞叹着："啊！多高贵的兰花！"

是怕惊扰了它的冥思、还是担心它厌烦吵闹而离去？前面的三个人都轻轻地走回来了，仰望着……

李老师终于举起了照相机，欢快地掀动快门。

我小声提醒她，注意那如藕节般的茎。

她拍完了后说，这种兰花的茎，怎么这样特别？鼓起的泡泡真像藕节。

我说我也是刚刚才认出的，它不是普通的兰花，它是名贵的中药——石斛！

石斛是兰科植物！兰科中的植物，有很多是名贵的中药。像开白花镶红边的斑叶兰，开黄花的贝母兰等，就如石斛还有黄花黑底的流苏石斛、如小孩粉脸的串珠石斛、球花石斛……20多种哩！

兰花的种类繁多，是个庞大的家族，原生种有近3万个。经过人工培养后，新品种不断诞生。据英国《国际散氏兰花杂种登记目录》登记在册的有4万多种，其实际种类应远远大于这个数字。

附生在大树上的石斛兰

高黎贡山是出名的兰花王国，种类繁多、品质优秀！

这一发现，带来了一连串的发现。周围的大树上，有好几处都附生了石斛。在一株斜向的树干上，竟有四五棵石斛，花儿开得端庄，把大树打扮得花枝招展。

小谷是有心人，忙着察看周围的特征，在小本子上画图……

我说："是为了重点保护？"

他说："这是一个石斛群落。我也是第一次见到这样大、这样好的群落。

应该列入重点保护!

"兰花分地生兰、附生兰、腐生兰。我们这里都有,兰花色彩丰富多变,有的一朵花瓣上的色斑就有好几种,具有极高的观赏价值。兰花的名字也引人入胜:白雪、鸟舌、虎头、红柱……听听都是一种享受。这几年,兰花价格被炒得高得吓人,有的一棵竟高达数百万元。这就引来了'淘金人',到保护区偷取兰花。他们不需要带任何工具,只要到处找就行了。有些人不管孬好,见到兰花就挖,致使资源遭到前所未有的破坏!"

"我就很为这个石斛群落担心!小夏,你出去后可不能乱讲。这里的石斛要是有了事,你可脱不了干系!"

小夏气鼓鼓地说:"我明天就来把它们统统挖走。"

发现的喜悦,变成了沉甸甸的伤感!

我看了一下表,登山已有七十多分钟了。在计划路程时,按小谷的说法,他平时巡山时,走得较慢,翻这座大垇子山,也只需要40分钟。我的计划是2小时,但从山势看来,似乎还未爬到一半。估计这里的海拔已接近1800米了。大塘管理站是海拔近1500米,而大树杜鹃处的海拔是2300米左右。幸而天气尚好,属多云到晴的类型。

尽管如此,发现石斛,使我还是重申:"我们不是赶路的,是来看风景的。"

附生兰的出现,说明在典型的湿性阔叶林中,还兼有热带雨林的景观。这正是高黎贡山的魅力!

我问小谷:"今天能看到灰叶猴吗?"

小谷说:"那要看你运气了。听说,这片林子有灰叶猴,曾看到过几群。但近几年没人见到过。连我也没看到过。"

我国出产4种叶猴,都是一级保护动物,很珍贵。黑叶猴主要生活在贵州;白头叶猴主要生活在广西;数量更少的灰叶猴和戴帽叶猴则生活在云南,高黎贡山有分布。我曾于1999年,去考察过麻阳河黑叶猴,2000年去广西考察过白头叶猴,当然希望在高黎贡山见到灰叶猴和戴帽叶猴。据说,戴帽叶猴主要分布在高黎贡山的东坡,在保山时,我也曾打听过,说法是一致的。

冯国楣和赵晓东都对我说过意思相同的话:要看高黎贡山,就得抓紧时间;今年能看到的,明年就不一定能看到了。偷猎者太猖狂,他们的破坏简直肆无忌惮,要保护好这座生物宝库,难啊!

他们一位是植物学教授,一位是自然保护区的管理者,两者的话语,是具有较强的现实性和针对性的。

赵晓东还说过:"再难,也得竭尽全力去做。仅仅靠保护区的力量是不够的,需要全社会来共同努力!"他在百花岭,就组建了全国第一个"农民生物多样性保护协会"。

冯老说:"要提高全民族的保护自然的意识,这是当务之急,也是能办到的。"

一号界桩里外的两个世界,已是最好的说明,失去森林的庇护之后,人类还往哪里转移?科学发展到今天,依然证明只有地球是人类唯一的家园。建立保护区就是为了保护濒临绝境的生物世界,是保护生态环境的最后据点。如果保护区再遭到破坏,将意味着灾难的来临,人类失去家园后,还能生存吗?

魂飞魄散

小谷憨憨地说："物理书上说的，接触面积大，摩擦力大。这样的悬崖，谁不怕跌下去？"

"刘老师，这边还有两群长臂猿，是白眉长臂猿。翻过这座石垴子，到沟底时就能看到它的栖息地。我几次来都听到了它们的叫声，要是时间来得及，我领你去那边！"

感谢小谷善解人意。大约是注意到他的话引起了我的沉闷，赶快用高兴的事，来调动我的情绪。我说："好的！我也正想去哩！这两个家族有多少只大臂猿？"

我在海南岛霸王岭，参加过考察黑冠长臂猿，知道长臂猿是以家族为社群的。每群由一只雄猿和两三只雌猿以及它们的子女组成。它们各有自己的领地。

"怕打扰到它们，我还没近前看过。听一位傈僳族老人说，他见过，一群大概有八九只。"

"那是个大群了！"

已到一陡险处，连路影子都没有。小谷前后左右打量了几次，都没有新的发现，只好先试探着往上爬，险崖很陡，看似能落脚的地方，苔藓却很滑。经过努力，他还是上去了。

森林中的落英缤纷,铺就了世界上最华丽的迎宾大道

这可难坏了李老师。

小谷又往下爬了点。我上前托住李老师,她两只手紧紧地抠住石棱,等到上了一段,我再托起她的脚。尽管这样,小谷还是够不着她。我是一米八一的大个子,小郑和小夏都不太高,也就只有我能使上劲,于是拼足了力气,将她一寸寸往上顶……终于,她够着了小谷的手……

等我也上去后,才发现这是个石棱子,那石棱子上只能站下两个人。

林子稀疏了,视线突然开阔,对面的林冠组成了壮阔的绿海,如浪花翻飞,好一幅森林美景!

石棱的右侧是一绝壁,深壑中响起河水的哗哗的声音,大家都已气喘吁吁,热汗涔涔,但还得下一个坎子。坎子下面的路好多了,我们计划到那边再休息。

我刚下到坎子,就听到李老师"哎哟"一声,往下跌去。接着是碎石滚动的声音,小郑、小夏也连喊"不好"……

正在我惊得魂飞魄散时,只见小谷往下一扑,重重地趴跌在地上,闪电般抓住了李老的手臂。

李老师就势用已滑下绝壁的脚,蹬住一棵小树,不知哪里来的力量,竟然将半个身子都挪了上来。

小郑也冲了下来,和小谷两人又拉又扯……李老师终于上来了……

李老师面色煞白,却笑眯眯地说:"没事,真是'大意失荆州'。那样险的地方,小心又谨慎。到了平地,以为没事,谁知落叶下面是空的,是个大陷阱……谢谢,小谷,你救了我一命!"

看样子很厚的落叶,掩盖了真相。李老师踩塌的印痕非常清楚,下面就是万丈深渊啊!

小谷却瘫在那里,半天不动……

我将小谷拉了起来:

"幸亏你急中生智,反应敏捷。要不往下一趴,别说拽不住李老师,连你也要被拉下去!"

小谷憨憨地说:"物理书上说的,接触面积大,摩擦力大。这样的悬崖,谁不怕跌下去?"

小郑连连称赞:"真是个棒小子!机智,反应快……"

惊魂稍定,又见远天有乌云漫起。小谷说:"还是慢慢走吧,这已是山顶了,拐过前面的黑崖,就下坡了。"

下坡路很陡,且路面铺满了碎石、沙子,很滑。其实,山顶还在上,我们只不过要从这边岔下去,再到达河谷,绕进深山。从海拔高度看,这里2000米尚不到。以我在山野的经验,现在下坡,意味着还要爬更高的山……

时间已是下午2点,大家不约而同地坐下吃干粮。

我想起杨增宏多年前进山时的路线,是先沿着大河上溯,艰难地爬过那个绝崖呢,还是碰到了绝崖,再迂回找路呢?我曾问过他。他说:"几十年野外采集、考察,碰过的危险太多了,怎能记得清每一次?"

但他们的路,肯定比我们艰难。更具有探险的性质;因为他们只知道大致的方位,且寻找中的迷惘和焦急,对心理的影响,与我们也是不一样的。他们没带帐篷,却要背着睡袋和从事野外工作的必要设备。而我们知道大树杜鹃王在何处,只是在经历艰难。

下坡路果然应着"上山容易,下山难"那句古话,小谷只得侧着身子往下挪步,挡着时时下滑的李老师。没多一会,她盯着地面不走了,又有了新发现——白色的花,先只是一两片花瓣,渐渐是一朵一朵地铺在地上。不是杜鹃花,有点像栀子花,但稍小一些。当然,栀子花不可能长到二三十米的高度。捡起一朵闻闻,有股郁香。

知道徒劳,但我们还是抬起头来寻找……

现在,只能像是在热带雨林中,从落在地上的花朵和树叶,去判断头顶上的大树了。

"这是多花含笑的花。这里木兰科的植物种类多。还有珍稀的长蕊含笑。木兰科的植物,树形优雅,常绿常青,都具有极高的观赏性。这几年成了城市园林的宠儿。木兰科树种价格不菲,高达好几千元一斤。"小郑说。

如有人观望这支小小的队伍,在这又陡又滑的小道上行走,一定会惊奇他们的各种滑稽姿态:我像螃蟹一样横行;小郑挺着肚子一步一顿;小夏像是滑沙,哧溜溜地小跑着;小谷一步一回头倒退,举手搀着李老师……

紧急警报

凭经验，那绝不是雨声、风声、鸟声，而是一只大型动物所发出的。

下了斜坡大约三分之二路程时，李老师突然刹车，用手指着树隙中对面的山坡——

碧绿的汪洋中，闪起无数的银星，银星在阳光下闪烁、跳荡……

多花含笑！

含笑多花！

只有在山野里，你才能从高处，欣赏到多花含笑的美：美得自然，美得炫目，美得心花含笑！

是的，我悟出它为何名叫"含笑"！

随着云移，灿烂的阳光骤降，从林冠射进一块长满挺拔大树的小台地上，顿时，那光、那影、那雾气、那光彩效应……在林间、地下，组成了奇妙的景象……

我刚要示意，李老师已举起照相机噼里啪啦响起，但距离太远，估计照相机也很难留下这瞬间的大自然造化。

阳光突然消失，森林陷入沉闷……我心头一惊：不好！经验表明，天气可能骤变！

李老师拖着瘸腿加快了脚步。从水声判断，距离大河的上源已不太远了。

西南桦阳面黑色的横纹，如岁月的年轮　　西南桦的阴面披了厚厚的苔藓，泾渭分明

就在西南桦的不远处，偷伐者留下了罪证

我不知道水流情况，问小谷，他的回答让我更加担心。林间的视线很差，但感觉到乌云厚沉的地方，是在大树杜鹃王处，因而最好是在落雨前，能渡过大河，免得山洪下来后，无法通过。

跌跌跄跄，一路急行军，终于到达大河。河水清亮、碧绿，河面有三四米宽。小谷找了几处地方都无法通过，看样子，这里的"路"，也只是个大致方向。

在深山行路，历来只是抓大的标志物，如河谷、怪岩、奇树等。

小郑正在脱鞋，小谷说不用都下水。他搬了几块大石，又扛来两棵倒木，一座便桥已搭起了。

正在枯木上小心翼翼地渡河时，雨已噼里啪啦打响树叶，但我们总算已经过河了。

过了河就要爬陡岸，艰难地上去后，连路影子也没有了。灌木丛、各种蕨类、藤蔓植物，挤得密密实实的。

小谷观察了几遍，大约是在搜索记忆中的标志物，林子里太阴暗了。

"对，那棵西南桦在那边。是西南桦。"与其是在向我们说，不如说小谷是在喃喃自语。

他在丛莽中蹚出一条路来，我们紧随其后。

这确是一棵西南桦，灰色的树皮上，裂有一条条的黑色横纹，像是石斑鱼一样，非常显眼。从靠近根部向上望，树冠稀落。小谷要我转到背面看，嗨，墨绿的苔藓，像是落雪一般，堆砌在树干上。阴阳两界，如此泾渭分明。

小谷当然不仅仅是要我看稀罕，也是要证实路线。

正准备离开时，小谷发现树左有两棵小树的横枝都断了，他睁大了眼睛警惕地搜寻，终于在树丛中找到了断枝，显然是被砍断的。

"真过分，已经在这里动手了！"他掏出小本子，用背挡住雨滴，匆匆地又写又画。

"是有人来偷树？"我也看出蹊跷。

西南桦的树纹非常美丽，是高级家具的贴面材料。

小谷说，往前走，再看看吧。

李老师也有发现，正对着一串蓝莹莹的小果在拍摄。小夏伸手就摘了一串吃起来，说是这叫"山木瓜"。我们也都尝了尝，酸甜酸甜的。

雨越下越大，小谷在爬山包里只找到两把小伞。李老师一再不要，说她的风衣可挡雨。

路在山膀子上起起伏伏，雨后很滑，腐殖土深厚，常常一脚踩下去陷很深。每一步都不敢大意。不说如履薄冰，但确是小心翼翼，全神贯注，连大气也不敢出。

正在爬一陡坡时，突然听到前面林子里有异样的声音。凭经验，那绝不是雨声、风声、鸟声，而是一只大型动物所发出的声响。

春天，雪山依然戴着银盔（李登科 摄）

它从对面冲来

最大的可能性,是黑熊。这家伙可厉害了,蛮横、霸道……

我从小谷身旁快速攀了上去,要他们各自找一能站稳和隐蔽的地方,特别叮嘱小谷不要离开李老师。

上到崖上,我靠到一棵树边,猫着腰,紧张地注视着前面……

"这里有黑熊,步子怪沉的。"

小郑也来到了我身后。我向他打了个手势,要他到四五米之外的树后去——还是稍分散一点好,又叮嘱了一句:"没我命令,别乱动!"

那声音愈来愈大,行动很快,是什么呢?

大象?不可能。从没听说高黎贡山有象,虽然那边就是缅甸,但缅北地区是没有大象的。

老虎?有可能,这里有老虎的分布,景颇族就以虎为图腾,但虎是夜行动物。会不会因为雨大,林子很暗,听错了?我想起在黑龙江和福建梅花山寻找虎踪,跋涉艰难,却无缘见到它们的身影,若真是它,那倒是件绝妙的奇遇,我愿冒一切危险,一睹在山野中的虎威!

长臂猿?是的,小谷说这里有两群长臂猿,但地点已过,当时又要赶在雨前渡河,小谷未提,我也心急得顾不上。然而长臂猿是树栖动物,它们用长臂在树冠中穿梭飞跃。正因为没有从树上下来,才至今仍是猿。

最大的可能性,是黑熊,这家伙可厉害了,蛮横、霸道,只要碰到,不说伤残,那也够受的,它是杂食性动物,这里正是它典型的生存环境。

当然,也有可能是野猪。无论是黑熊或野猪,还是躲开为妙。我们没有带任何武器,唯一可称作武器的是老夏的那把大砍刀,然而老夏赶着马帮在我们前面走了。

若是真的遇到它们,那只有我和小郑分开跑,引开它,然后在林子里兜圈子,才能保护好李老师他们。

我知道李老师胆子很小,只有和我在一起时,才敢面对很多危险,且时常有高招。

前面林子里的响声大作,那个家伙急匆匆地奔跑。难道是它发现了猎物,还是被更强大的仇敌追逐?

它终于冲出来了,一看是它,我和小郑同时对视了一眼——是一匹马!背上驮着我们的行囊!

谁在追它?谁有本领对付这样的庞然大物?我曾亲眼看过一只老虎追捕水牛——纵身跃起,张开大口,准确无误地咬住牛颈,用典型的、无懈可击的、凶猛威武的锁喉战术,几分钟内就结束了战斗!

不错,它确是被追逐着,追它的是从林子里冒出的赶马人老夏!

像是有意排演的一场令人啼笑皆非的恶作剧!

小夏飞奔而出,去拦马头。

接着是父子之间快速的对话,但说的是方言,我一句也听不懂。

刚摆脱了惊险,我的心头却又燃起焦急,难道是前面碰到了危险?是什么性质的危险? 马都跑回来了,还有一匹马呢? 我们也得打道回府?

我焦急地问小谷、小郑,可他俩也未听懂,或许也被焦急所迫,谁都未回答。

直到那马被拦住,老夏放慢脚步,这时小谷才说是前面有棵倒木拦住了

著名的"锁喉"战术。

路,马过不去,老夏赶急了,这匹马就罢工了!另一匹马没事。

  这才松了口气。

  小谷和老夏商量了一会。小夏帮他爸将这匹马牵住,下到河谷底,沿着河谷走了。

遭遇偷袭

一些不法的外国人，到现在也没停止到高黎贡山窃取生物种质资源的情报。

雨越下越大，我掀开李老师的风衣，里面的衣服全湿了，只得硬是将风衣脱下。小郑坚持将伞给了她。小谷突然想起还有件雨衣，又从爬山包中翻出。

其实，雨伞只是一种心理上的安慰，艰难的跋涉，热汗早将内衣湿透，风雨交加的原始森林中，那把小伞只能顾住头。我们都只穿两件衣服，裤子和上衣的下摆早已淋湿。李老师步履更加艰难，大家都很累，我提议还是吃点干粮吧！矿泉水早已喝完，但这里随便哪条小溪都是优质天然水，我们毫不犹豫地用手捧喝。水味有点甜。

未行多远，小谷在一棵大树旁停下。这棵树的胸径总有一米多，苔藓未盖住的树皮呈褐色。树干上被削了一刀，露出了云状的树纹。

"看到了吧！这就是偷树贼留下的记号。这些家伙偷珍贵树木的方法，越来越精明：这是棵五角枫——枫叶是五角形，另有三角枫树，树叶三角形——这种树的树纹如云状，美丽漂亮，是高级家具的贴面材料，比西南桦的身价还要高，五六千元一立方。外面的树砍光了，偷树贼将黑手伸到了保护区。这里已是核心区了。五角枫不像西南桦，从树皮上能认出，所以他们在树干上削掉了一块，证实确是五角枫。过段时间就会来偷偷砍倒，运出去。砍断两根横枝，是留下记号,来偷时比较容易找到。"

愤怒、忧虑,充满了每一个人的胸间。关于这样的事例,我们在保护区里听到不少。要解决这样的问题,又不是保护部门单独能做到的。如我们在广西考察珍稀植物砚木时,就有类似的例子。砚木属保护范围,木质坚硬,密度大,树质为暗红色。但在砚木产地的县城,就有好几家"红木家具厂"。其实都是用砚木充当红木,价格昂贵。保护区只有那么几个人,却要保护这么大的山,怎么能看得住?我曾问:"县里为什么不把这些家具厂关闭?"保护区的局长向我苦笑!

保护兰花、西南桦、五角枫等等的资源,所面临的问题是同样的。

小谷说:"还有更可怕的。一些不法的外国人,到现在也没停止到高黎贡山窃取生物种质资源的情报。前几年,国外的商人以旅游者的身份来到了云南,窃取了一级保护植物红豆杉。研究发现:云南的红豆杉的紫杉素的含量最高。而紫杉素是治疗癌症的良药。于是,一时间红豆杉被大量盗伐。

"生物种质资源,是国宝,可惜我们有很多人却根本不知道。"

保护生物种质资源,就是保护我们的经济、社会的可持续发展!

石油、煤矿产资源是可以估算的,但生物种质资源的价值是无法估计的,极大的潜在力也是无法估量的!

由于生物的特殊性,在防盗防窃方面难度大,我们必须要有一整套行之有效的方法。这不是狭隘的民族主义,我们保护生物种质资源是为全人类服务!

小谷是位有心人,我们希望他在这方面进行研究,从一个保护区卫士的角度,提出一些切实可行的办法。

在离开时,小谷抓了一些稀泥,涂在五角枫的伤口上。

闪电耀起刺目的光芒,一个炸雷响起,惊得每个人一震,雨也骤然降落。小郑说:"尽量避开大树,找林子稀的地方走。"

途中

都明白这话的意思:原始森林中的雷电是可怕的,我们在来路上已见到不止一棵被雷击断的大树。

机灵的小谷当然心领神会,专找草深的地方走。

突然,我的左手像被火灼一般,不禁"哎哟"一声。

小郑急忙赶来。

手背上没有伤口。这是一片挤满大叶子的植物,我已从它心形的叶片,认出了是它作祟,在四川和新疆,我都吃过它的苦头。今天是雷雨催着赶路,疏忽了。

"都举起手来走路,两旁都是荨麻!"

谁知正在我发出警告时,李老师已挨上了。

荨麻的叶背,长满了白色的密密麻麻的小刺,扎到皮肤上,又疼又麻。我曾发明了一个简单的办法,用橡皮膏贴上,撕下,将那些小刺拔掉,可惜这次没带。

小郑说:"赶快往头发上擦。"我如法照办,虽说不及橡皮膏管用,但疼痛减轻。以后几天,一碰到伤处,还是麻麻的。

傈僳族、独龙族的同胞,不仅将荨麻作为清热解毒的良药,而且喜欢用它的纤维编织生活用品。

出了这片荨麻地,小谷发现腿上叮了三四条旱蚂蟥,大家连忙清理。我和李老师的裤子上也爬了"吸血鬼",但牛仔裤厚,它叮不进去。小谷的两条腿都在流血。进入林下灌丛区后,每人都在腿上涂了风油精,但雨水已将它冲淡。

这样的阴雨天,是旱蚂蟥和马鹿虱子最活跃的时候。旱蚂蟥栖息在灌木丛及各种植物的枝干、叶子上,只要感应到了血腥味,立即出动,它细得像根黑褐色的线,但吸了血之后胀得又粗又大。据说吸饱一次血,可供它存活数年。

当年,杨增宏他们寻找大树杜鹃的历程,肯定比我们更艰难。他说过,脖子上都有旱蚂蟥。

艰难跋涉

阵风突然带来了隐约的铃声，这不啻是一声福音！

危险虽然冲淡了疲劳感，但我看李老师已狼狈不堪，她的伤腿，有着更多的难耐。我也感到脚发飘，毕竟都是60多岁的人了。我增加了休息的次数，说休息也只是站在雨中喘口气。刚将气喘平，李老师就嚷着赶路，说是担心休息长了，就再也走不动了。

果然有棵大树横卧路中，目测其胸径，当在一米四五，有20多米长，为枯木。自然保护区中，森林的自然演变是门很有意义的学科，但目前我们只能考虑如何通过。翻越显然不行，难怪老夏的马到此往回跑。幸而找到它与大崖之间有隙，大家只好像猫一样钻了过去。

又是一段上坡路。雨下得更大，但雨伞却被扔在一旁，因为撑着雨伞是无法爬的。真是难坏了小谷，他一会儿推，一会儿拉，才能使李老师迈开脚步……

林子里暗下来了，我看看表，已是下午4点多钟。干粮早已吃完，饥寒交迫。我想今天是难以到达预定的宿营地了。

小郑、小谷商量着，决定先去一个人，追上赶马人老夏，通知他就地宿营。但我没同意，理由很简单：小郑不认识路，小谷是向导，在这森林中，在这风雨交加之时，谁迷了路都是大麻烦……

我不再关心路旁的生物世界,那无比兴奋的细胞也变得麻木,只是渴望着一杯热茶,渴望着有一块干燥的石头可以坐下歇歇,渴望着依偎在火旁……突然,冯老的笑容在脑子里一闪,想起了大树杜鹃的我猛然惊醒,意识到是跋涉的艰难困苦,使心理发生了歧变……

我停步,狠狠地摇了摇头,取出香烟。可手抖得厉害,怎么也打不着火,还是小郑上前帮我点着了烟。猛吸了两口以后,心境逐渐开朗,强行跨了两步,走到李老师身边,搂了搂她的肩臂,小声地说:"快到宿营地了。若是再走一段路,还见不到老夏,我们就不走了,然后由小谷去把他们找回来。"

"没事,没事,能走得到!"

她微笑着,笑得很苦涩。每当这时,我总是责备自己,不该把她拉到我的探险生活中来。可每次她都说:"是我自愿的,我也热爱探险的,当年选择了你,就决定永远跟随着你……"直说得我们俩心头澎湃起青春热血。

又爬上一个陡坡,坡上是块不小的台地,正想着它是一块理想的宿营地时,风突然带来了隐约的铃声,这不啻是一声福音!紧走几步,两匹枣红色马儿的身影已经出现,它们正悠闲地吃草,那铃声也就不时响起。

"啊——"我大声地喊了起来!

篝火已经燃起。老夏是位有经验的赶马人,营地的选择就很有讲究,一条哗哗的小河从台地下流过。大树的浓密树冠正好挡雨。他说,要不然,篝火会被雨打灭的。

李老师催我赶快换掉湿衣。在一棵倒地的大树下,我找到了马匹驮来的行囊。

这棵大树是被连根拔起倒下的,胸径大约一米三四,有20多米长。树根平整,如一面奇特的雕塑墙壁。

我们一路见到的倒木,多是连根拔起的。看来这里的土层不厚,也说明这里的生态有脆弱的一面——保护区外的一些烧林的垦荒地,水土流失后,已成了寸草不生的黑石坡——或许这里原来也是火山的熔岩？

神奇的是这棵大树倒下时,刚好落在离根 10 来米处一块巨石上。巨石约有一米多高,树干犹如屋顶,成了我们雨中的藏身之所。

因为雨大,未及细看、细想,赶紧解开爬山包,取出干衣,再跑回篝火旁换了。李老师就只好坐在火边,忍受烟熏火燎,慢慢烤衣服了。

小谷、小郑忙于搭帐篷。小夏也不知哪里去了。三顶轻便小帐篷,搭起来还是挺费事的。虽说是块台地,但要找三块平地,又要相对集中,就颇费周折。小郑抱歉地说:"按理还得在下面铺一层枯叶,因为铺位下只有一层薄的塑料,可这雨天……"

"没事,只要有个遮风挡雨的地方就行了,坐着也能打呼噜。"

李老师把大家都说笑了。

穿上干衣服,又能偎在火边,我的思绪绵绵……

小谷说,离大树杜鹃王还有几小时的路程。多年前,杨增宏他们在哪里宿营？他们每人只背了个睡袋,是靠在一棵大树边,还是倚着一方石岩？那天肯定无雨,看着满天的星斗,想着什么呢？当然是寻找大树杜鹃,充满了向往和期望;却又时时泛起迷惘。坚强的

雨中探险

信念，使他们坚持在荒无人迹、莽莽的原始森林中，寻找着一个美好的梦！寻找着失落的大树杜鹃。

一个人不能没有梦想，梦想是灯塔，是阳光，有了梦想才有追求。追求是甘露，滋润着生命，追求使生命开出花朵。

大树杜鹃王是高黎贡山的圣物，是值得自豪、骄傲的镇山之宝，是标志性的纪念碑。

我们每人心中都有座神圣的殿堂：冯国楣实现了寻找大树杜鹃王的梦想，同时也点燃了我的梦想。

我知道这个梦想的真实性，因为大树杜鹃的存在已被科学家证实，我寻找的是什么呢？

是去朝拜神圣的殿堂——精神与物质的统一，人与自然的血肉关系……

露营地

黑熊于深夜来到了营地

大约 30 米开外，传来树枝断裂声。转过头去，就见一对闪着绿光的眼睛，正注视着这边。

黑熊于深夜到来

老夏宣布饭熟了，才将我从沉思中拉回。

篝火映得大家满面红光。小夏说："天黑了，无法找到蘑菇、野菜。"但他却端出了一小碗鱼汤，说是这两年河里的鱼太少了、太小了。原来他是干这些营生去了。鱼很小，有个鱼笼在旁边，看来他是有备而来。我想起杨增宏说的："那天发现了小河里的鱼很多，只是用刀往河里砍，竟然煮了一大锅的鱼，吃得肚子胀得痛还想吃……"他在回忆这段经历时,时不时舐起嘴唇,咽着口水——人们对饥饿中的美味,留下的记忆特别深刻。鱼类的大量减少,表明了这里生态环境的恶化。

饭后,我请大家喝黄山毛峰茶,是特意为这次探险准备的。我们只有一口饭锅,在揭那落满灰尘、漆黑油腻的锅盖时,它竟然翻身掉进了滚水锅里。管他哩,就用那水在碗里泡茶,大家齐声称赞黄山毛峰沁人肺腑的香味和解乏的神效。

雨还在时疏时密地下着,鸟儿也早已停止了歌唱。看看手表才7点,按照西部的时间,好像太阳才刚刚落山。但此时四周已一片漆黑。不时传来野兽的吼叫,以及小兽在附近走动的声音。

小郑将靠近篝火的帐篷分给了我们,又向赶马人安排了一些安保任务,就转向自己的帐篷了。

帐篷低矮,我这个大个子费了一番周折才将一张薄薄的睡垫铺下。睡倒后才发现,下面有一树根正硌着腿,无法侧卧,只好将腿拱起。李老师坐在垫子上揉腿,我用手电照了一下,左腿踝骨处肿得鼓鼓的。我要给她揉,她说我不知轻重。今天够她受的,我的心情很沉重,再一次劝她明天留在营地。她不吱声,但我清楚她的脾气。

她劝我赶快睡觉,说是无论如何,必须保证我们俩有一个能够走到大树杜鹃王脚下。

虽然很累,但想到明天的行程,却无法入睡。再者,我从无仰面拱腿睡觉的习惯。雨滴打在帐篷上,很夸张地响着。李老师也翻来覆去。她有在疲劳后难以入睡的习惯。不久,我发现身下有水的流动,想必是树根拱起的原因。

水流时大时小,有种令人舒服的乐感。那流水,一忽儿响起潺潺声,一忽儿又像低声细语。挂在马脖子上的铜铃,也不时响起。我努力去辨听它在向我说什么……

锅盖的响声将我惊醒,但我躺着未动,只是倾听着。篝火未灭,却燃得不旺。李老师已经睡熟,夜光表上显示是凌晨1点。又有两声响动,然而没有走动声。我慢慢拉开睡袋的拉链,坐了起来,并顺手将电筒拿起;还想找一件武器,我也为自己的想法感到可笑,这帐篷里有什么可作为武器的呢?照相机的三脚架倒是可以,但放在树下……

有野兽走动的声音了,但判断不出它形体的大小。按理,篝火还烧着,野兽不敢轻易接近,肯定是剩下的饭菜,招来了山野之客。是谁呢?

如果是小兽,请它吃一顿,也是好事;但若是大型的野兽呢?李老师靠篝火最近,这样的帐篷,根本经不住它三脚两手。

我想,若是再有响动,就冲出去看看。燃起篝火的是两根枯木,都有海碗那样粗,三四米长,凭我的力气,搬起一根作武器,是没有大问题的。再说,还可喊醒帐篷里的人,老夏还有把长长的砍刀。

我担心放在外面的装备。在这无人区,肯定不会有小偷;但调皮的猴儿们,却是恶作剧的大师……

响声又起,我迅速地冲出帐篷,一只肥嘟嘟的野兽纵身一跃,已跳到树上。有小猪那般大,只上到10多米处,就停住,还回头看我一眼。那面部白色的斑纹很清晰,我打开手电想看个明白,它却飞快地蹿到树上……

雨已停了。

大约30米开外,传来树枝断裂声。转过头去,就见一对闪着绿光的眼睛,正注视着这边。在它的右后侧,还有一对莹莹闪光的眼睛。从树枝的断裂声判断,它们是大型野兽……

我飞步走到树下,刚才已看到老夏的砍刀靠在那里,随手拿起,然后向前走了几步,左手突然打开手电。它们隐蔽得很好,手电的亮度在这样的黑夜,也照不了多远,我还是看不清它们。

我若一喊,等到小郑他们从帐篷里出来,它们肯定逃之夭夭了。今天都很累,何必再惊动他们!

种种方案在脑子里反复,首选是将篝火燃旺。没有不怕火的野兽。我将柴下的灰烬掏空,又架了在旁边已烤干的柴火,不一会,火苗就熊熊地蹿上来了。这时,我又向它们走去,再突然打开电筒,急速地晃悠。

两只野兽耐不住了,慢慢地折转了身子,传来了几声树枝的断裂声……

从那偶尔暴露出的轮廓看,似是黑熊!

微风拂来,我感到寒意袭人,这时才发觉衣服已汗湿……

一边拾掇篝火,一边抽烟,努力使自己的心情平静。

露营地

营地上一片寂静,连小虫也不叫一声。三顶帐篷在森林中如三朵蘑菇。小郑那边偶尔有鼾声传来。天空冥冥,却露出了两颗小星,想到明天的行程,心情也轻松了起来……

巨大的树瘤

那份激动、那份喜悦、那份自豪,与大树杜鹃一同载入了教科书,教育着千秋万代的中华儿女!

醒来时,有几只鸟正高一声低一声叫着,我赶忙打开帐篷。李老师问天气,我说:"大雾弥漫,对面山岭上的云,正在集聚、上升。"

将篝火弄得旺一些,我就赶忙提着锅去打水。听水声很近,可走起路却不短。今早看清了,台地上全是胸径为一两米粗的大树,地气在大树中绕来缠去。

等到回到篝火边,李老师和赶马人老夏也走出了帐篷。

待到喝了点热水,天色大亮,云已向高空升去。云层不算太厚,估计至少上午不会落雨,连忙将三位小青年喊醒。

我去倒木下爬山袋里取东西,发现撑起大树的巨石有些怪,那上面鼓突起半圆形的大包小包。近前细看:

天哪!这哪里是块石头,原来是一个巨大的树瘤!

大树瘤有三分之一砸陷在土里。目测其直径不会小于2.5米,它比树干要粗大得多,真是自然奇观。

我向倒木的梢头走去。猜想被证实了,枝头还有着绿叶——这棵大树,是被它自身巨大的树瘤坠倒的。

紫色杜鹃花

大树杜鹃花

雾色中的杜鹃花,犹如一首朦胧诗

  营地的人都来看稀奇,七嘴八舌地议论起来,唏嘘于生物世界的千奇百怪。

  吃早饭时大家都没有胃口。我一再动员大家多吃一点,因为已无干粮可带。以小谷的估计,离大树杜鹃王还有两个多小时的路程。我估计须走三四个小时。今天够紧张的,还要看老天帮不帮忙。

  快出发时,我看着李老师,那意思是明白的。

  "我觉得今天又来劲了!"她显得很轻松。

开头,沿着河谷走,多是挺拔、粗壮的大树。厚厚的苔藓为它们穿了件绒衣,菘萝飘拂,各种蕨类植物、兰花附生在大树的枝干上。我们只能从枝叶的缝隙中看到斑斑点点的黄的、红的兰花的颜色,却无缘看到全貌,也拍不下照片。有一鸟巢蕨特别巨大,比村头的喜鹊窝还要显目。

倒木也多了起来,在倒木的树干上,这里、那里常常冒出一片蘑菇,它们在这里至少已生活了数百年,现在腾出了空间、土地,让幼树茁壮地生长。大自然就是如此生生不息,才永远繁荣昌盛!

长春油蘑藤、扁担藤、过山龙……这些藤蔓植物粗壮,攀缘到大树上,穿溪越涧。

我曾在亚热带原始森林、针叶原始森林、泰加原始森林、热带雨林中跋涉过,但眼前森林的原始性,使我感到那样新鲜、奇妙、自然……

未经过人类破坏的原始森林,每一片都是自然的美景。

路还不算太难走,只是还要不断爬山、攀岩。太阳虽然还未出来,但天空却明朗多了。我估计最少还要攀缘相对高差200米左右。对已消耗一天体力的我们说来,的确够艰难的。

粉红的、深紫的、淡黄的杜鹃花,不断从繁枝茂叶中挺出,展示着美丽。李老师经不住诱惑,常常拖着伤腿,爬到坡上去拍照片。

前面的岭上,出现一棵盛开的含笑,虽然有一半被林子遮去,但壮观的景色,仍催得我们争先恐后地往上爬。到达它的身旁,反而看不到花了,只有巍然矗立的树干。上去三个人,还未能将它环抱。以林学家说法,胸径在一米以上的,就可称为树王,在这片林子中,无论是虎纹樟或者槠树、栎树,胸径超过一米的大树,比比皆是。这里是王者之聚了!

一只山蹦蹦鸟,洪亮地唱着:"山——蹦蹦!山——蹦蹦!"

几只长嘴的绿鸟,在杜鹃花中飞出飞进,不时唱起婉转多变的歌。

红色的、黄色的菘萝渐多,它们挂在树枝上,营造出一种神秘的氛围。

我感应到了森林中出现了奇异,正在思索这种变化的根源,向小谷投去眼神时,小谷说:"快了!"

神情为之一振,我全身的每根神经都进入了状态,处于灵敏之中。大家也都兴奋起来。

今天临出发前,我和小谷约定,他只能在到达大树杜鹃王的附近时,给一个信号,但绝不能指示它的具体位置。

对着他茫然的神情,我只好解释:"譬如说你要去寻找一位从未见过的兄弟,知情人已将你领到那个村子,你是愿意别人把他喊出来和你相认呢,还是愿意自己去慢慢找?"

他说:"当然是自己在村子里找。"

我问:"为什么?"

他想了想才说:"说不明白,但一定是自己从身材、面貌上一个人一个人地去寻找……那有一种使人心动的情感……"

小谷遵守了这个约定,退到了队伍的后面。我则大步向前。

我在和杨增宏交谈时,他说:"21年前,我也才50多岁的人,又长期从事野外采集工作,但那天七八个小时的山路,却走得很苦,心里焦急,一直没有发现大树杜鹃的踪迹。向导也常常迷路,有时还在林子里兜圈子。你们去了就知道,在那样的林子,不仅要往上看,还要注意落叶……"

正是在地上,杨增宏捡到了一片杜鹃树叶。它大得出奇,叶子是长圆形的,有30多厘米长、20多厘米宽。叶面绿色,背面淡绿色。叶脉上陷下凸。他按住怦怦跳的心,数了一遍,又数了一遍,侧脉竟多达24对!他敏锐地察觉到,这应该就是大树杜鹃的叶子。虽然没有找到树,也没找到花,但心头已激起喜悦的浪潮。

他又走了一程路,一棵六七米高的杜鹃,枝头上正盛开着花朵。叶片大,和前不久捡到的一样,有着24对侧脉。花色是水红的,浓淡不一。小花为钟形,由24朵钟形小花,簇拥成一个大大的花盘!

一点儿不错,这是他从来没有见过的杜鹃,千真万确,大树杜鹃找到了!

那份激动、那份喜悦、那份自豪,与大树杜鹃一同载入了教科书,教育着千秋万代的中华儿女!

我也在寻找树叶,杜鹃树的叶子是捡到了几片,但要么就不是长圆形的,要么是长圆形的,可侧脉就没有超过20对。

啊，大树杜鹃王！

探险是快乐。探险是人生的享受。

黑虎石

正大步向前，忽见有一黑色巨石，形状诡异，后有数棵参天大树拱卫，俨然黑虎踞伏状，激得我心头一激灵。

距黑虎石七八米，右侧出现谷口。山谷不深，挤满了各种林木，七八十米后有岭凸起。我想看看天色，只能见到凌乱的云，云高而薄，山谷中的光线都被大树遮去。

我又四顾周围，都是苍郁的树木，感觉指引我右拐，进入了山谷。回头看看，只有李老师紧随着我，小郑、小谷、小夏都留在谷口伫立。

边走边观察着三面岭上的生物世界。对面的岭上，浓密的树冠深沉，多是粗壮的大树……正在仔细搜索时，突然右侧的山岭亮起来了，倏忽之间，竟然有一束阳光射进。

啊。太阳出来了！这是我们两天来见到的最灿烂的阳光。

我和太阳相知,太阳有灵有性！

太阳照亮了我的心间！

心灵一动,将视线立即转向那边,有种似曾相识的色彩,晃了眼睛……是一直立树干,再顺着树干往下看,那直立的树干只是它的一支,还有一斜出的枝干和它同出一根。这斜出的枝干到三四米处,又分出了一支,这支10多米后已断,而那支却一直斜斜地伸向高空。

我努力寻找它的树冠,可树冠太高,又稀落,最糟糕的是还逆光,只得收回视线,边往前走,边寻找它的根基。

啊！它们确实同出一根,那基干竟然是那样地大！再仔细看那根基的颜色,印证了确是见过的。

喜悦如潮滚来,我强压着热血的奔涌,大声宣布：

"大树杜鹃王！在这里,右边的山崖上！就是它,肯定是它！"

小谷鼓起了热烈的掌声。他们向这边跑来,但到了我跟前,谁也没有再往前走一步,都将头昂起,瞻仰着大树杜鹃王,像是注目着一座圣山、一座丰碑、一座荣耀的殿堂！

当那梦中寻觅千百度的大树杜鹃,突然就在面前时,冯国楣、杨增宏,以及所有参加寻找大树杜鹃的科学家们的那份激动,那份喜悦,那种如释重负的心情,同我们感受到的一样吗？

路很陡。我们互相搀扶着登上了岭头,察看着枝枝叶叶,抚摸着它光滑的、肉红色的树干——是这红色的光耀,使我发现了它——努力去读它。

这是一首生命的颂歌！

大约在1000年以前,一颗种子,在雨露中冒芽,顶出了土层的封闭,吸取着阳光的热情,奋力抽出了嫩叶,顽强地将根扎在山崖上。它为何在倾斜的崖

我们和大树杜鹃合影，既是为了留下珍贵的、充满幸福快乐的时刻，也是为它作陪衬。生命的朴素映照彰显出生命的多彩华丽！

边立身，而不是崖上平坦的地方？是命运还是选择？

基干是直的，枝干为何要斜出？想必那时它的身后已有大树占据，只能向山谷的上空寻找宝贵的阳光。是什么使它决定分出两支，而每一支又一分为二，像是孪生的四兄弟？

现在展现在我们面前的，只有两根树干：左边的第二枝，在20米左右处被折断，第四枝在10米处也被折断。辨不清是雷击还是其他的事故。它所占据的横向空间有八九十米,因为李老师带广角照相机,但在可视范围内,却拍不下它的全貌。这或许就是它立身处世的最好诠释,也是历经千年风霜雨雪的不凡的写照。

肉红色光亮的基干,使我在山谷中发现了它,但在 10 多米之后,就附满了苔藓和蕨类植物。杨增宏曾对我说,那树干上有一棵附生兰,要我一定代他去看看。是的,那断裂的树干上,确有棵正盛开的兰花,是这位王者的桂冠!

它历经了千年的沧桑,目睹了森林的演变、身后大树的倒下、身旁幼树的起来,断枝上刻写着它的坚强,它的不屈,光亮、油润的基干充溢着青春。

啊,大树杜鹃王!你为何能生命之树常青、繁花似锦?

啊,大树杜鹃王!你对生命的启示,我们应该怎样理解?

"对面那棵也是大树杜鹃!"

大树杜鹃王的花朵

李老师的发现，将我们的视野扩大。一点儿不错，山谷对面的斜坡上，生长着三棵它的子孙。最高的一棵已达 20 米高，最小的一棵也有近 10 米高。就在它的身旁，也不过 20 多米处，还有一棵——子孙满堂的情景，掀起大家心中一股股欣慰的喜悦。

李老师还用特意带来的带子去丈量。她自有心思。其实关于大树杜鹃王的各种数字，科学家们已作了翔实的研究：树高 30 米，基干部直径 3.07 米，一支干直径 1.75 米，另一支干直径 1.11 米。树叶长度 45 厘米，宽 20 厘米。每簇花束由 20~30 朵钟形小花组成，直径约 25 厘米。

马缨杜鹃

杨增宏说过，大树杜鹃王的花信分大小年，大年盛花，小年无花。他在 1989 年去看时，它未开花。1991 年，陪澳大利亚朋友于 1 月底去时，又碰到了小年。它的大小年，不是隔年，而是无规则的。

虽然有此一说，我也不知它今年是大年还是小年。

但我们在林下，拾到了落花，那水红映紫的色彩，那花形如钟……使我相信，它就是大树杜鹃为我们特意留下的礼物。

我一路仍为无缘见到千百朵硕花怒放的壮美景象感到遗憾。

李老师突然说:"你太追求完美了!有时太完美的事会失去魅力,留一点想头不是更好?它让你时时想到大树杜鹃,想到还要来看它鲜花怒放的景象……"

是的,大树杜鹃是高黎贡山的镇山之宝,是这座大山的光环,是人类至今还能看到的、生于1000多年前至今依然鲜活的生命体!化石只是凝固的历史,要解读它,需要更多的想象和推理。大树杜鹃王是这块土地鲜活的历史,年轮中记录着数不尽的秘密……大自然奇妙的变化,它能以无比的真实,来纠正对历史的误解和推想的谬误。

探险是快乐。

探险是人生的享受。

有必要说一句,当我们拍摄、解读大树杜鹃王告一段落时,阳光随即消逝,不久,雨又落了起来……谁说太阳无情?

10多天后回到昆明,我们忙不迭地去看望冯国楣先生。因为有一丛美丽的虾衣草诱惑,待拍过照片后,才发现与冯老失之交臂。我们赶紧追上去。

"冯老,看到大树杜鹃王了!昨夜刚回来。"

他笑了,慈眉善目,如一尊弥勒:

"好!好!你们也终于圆了梦!美梦是对未来的追求、憧憬,不断追求,梦想就终能成为现实!"

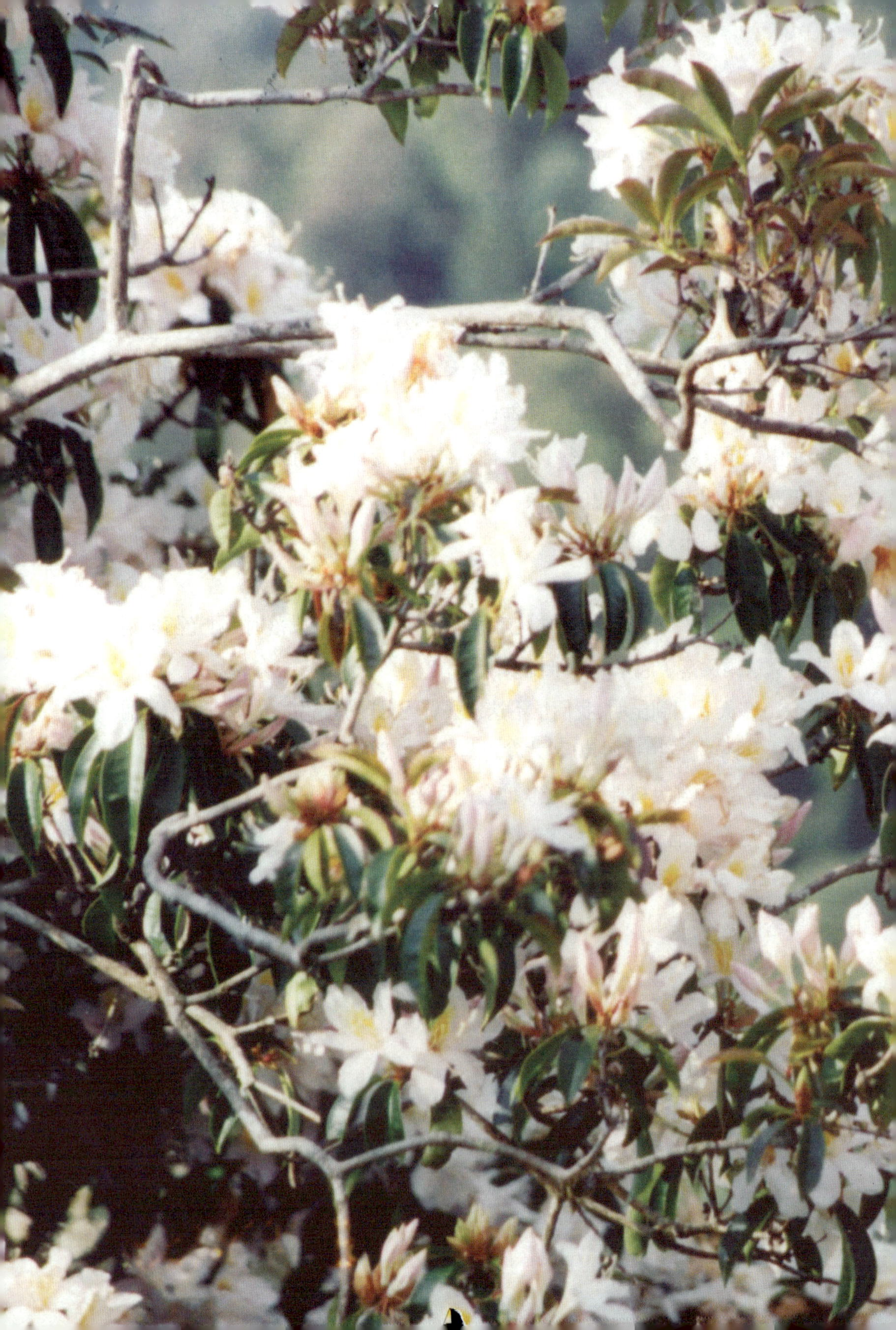

中集

16年：思念、向往、期待

世事真是难料，常令我困惑，也有意外的喜悦……

李老师终生从事教育工作，她不讲授哲学，但她的一句大白话却充满了哲理。是之后十几年与杜鹃花关联的故事印证了她的话，还是大树杜鹃的魅力？我说不清楚，但在这件事情上证明了她是"预言家"。

2002年4月，当我们经过多年的周折，艰难的跋涉，终于在高黎贡山无人区瞻仰到大树杜鹃王时，那种喜悦和快乐是难以描述的。

当大家做完一切该考察的事情之后，又经历了连续两天艰苦行军之后，都站在茂密的森林中，看着树影在忽明忽暗的阳光中浮动，等待着我从岭头下来踏上回程……

李老师看到我还在伟岸的大树杜鹃王树下，久久不愿离去，说：

"是不是很想看到它满树红艳的繁荣？"

真是知我者李老师也！我点了点头——起初我只觉深深遗憾。因为已过了大树杜鹃的花期，而花朵毕竟是母树最靓丽的容颜，生命智慧迸发的光辉。

她微笑着说：

"你太追求完美了！有时太完美的事会失去魅力，留一点想头不是更好？它让你时时想到大树杜鹃，想到还要来看它鲜花怒放的景象……"

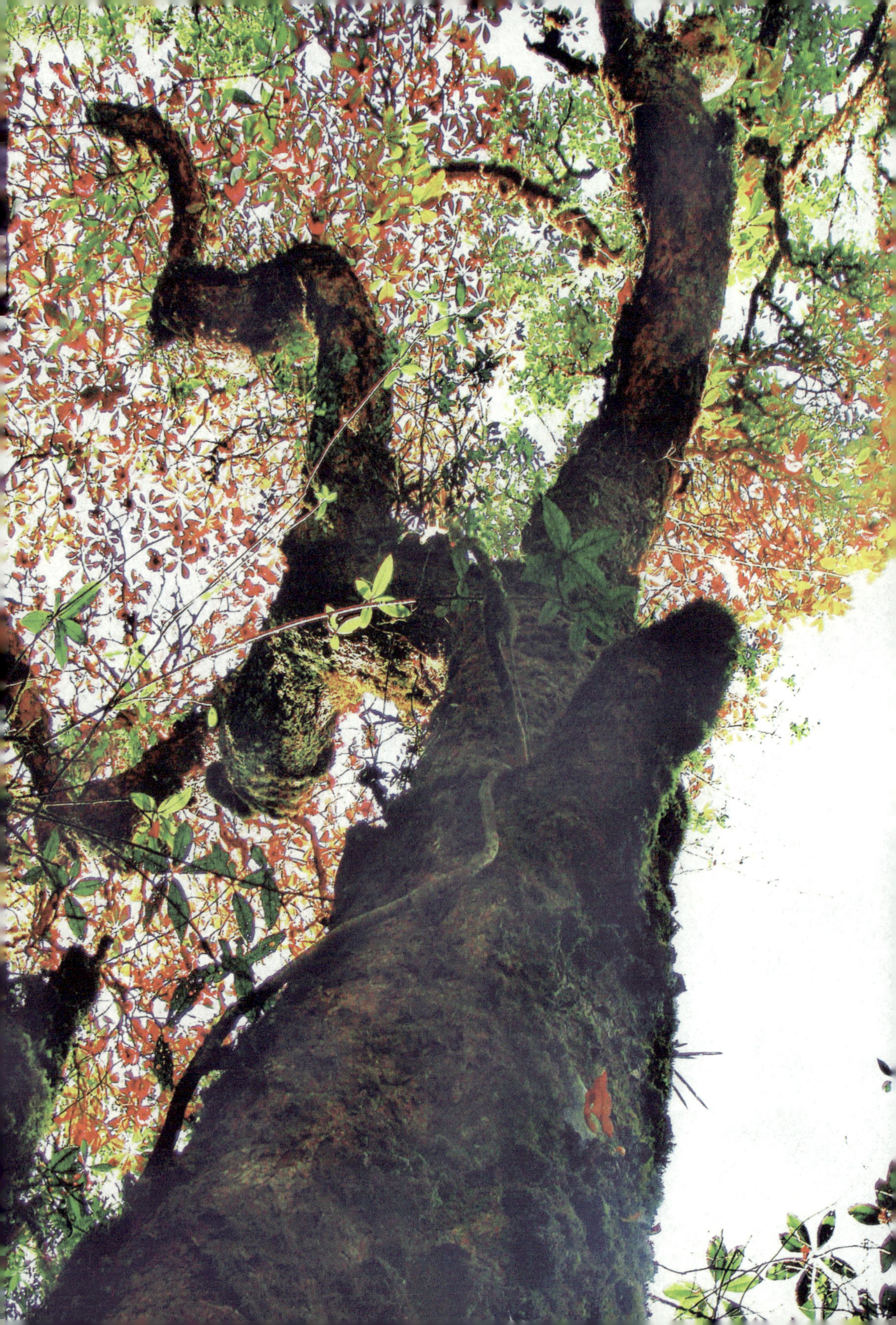

三闯独龙江

它被称为当今人间的"最后一个秘境"。

2002年4月,探访了大树杜鹃王之后,回到腾冲,我们没有回昆明,却执意要到高黎贡山东坡,去探访大树杜鹃和高黎贡山。因为冯国楣教授说过,在东坡和北端的独龙江也可能存在着大树杜鹃王。我痴想那里的花期是否可能要晚些,或许能看到大树杜鹃王怒放的鲜花!

而且,大树杜鹃和马缨花都是早发的花,一、二月即发花信,云南是杜鹃花的故乡,高黎贡山又有无比丰富的杜鹃花资源,何不去它的东坡,以及东边的碧罗雪山、怒江大峡谷等海拔较低之处,去欣赏更多的品种不同,色彩、花形各异的杜鹃花呢?

其次,那是去独龙江的必经之地,如若能趁雨季还未到来之前便闯去,不是更好?说不定那里也有大树杜鹃王。

巧在大峡谷的北端即是独龙江。独龙江藏在云南、西藏、缅甸克钦邦交界处的雪山中,是我们一直向往的圣地,被称为当今人间"最后一个秘境"。

1990年,昆明植物研究所的李恒教授曾在那里用了半年时间采集标本,填补了那里没有植物标本被采集的空白,之后又多次去考察,最后完成了《独龙江地区植物》《高黎贡山植物》两部巨著。独龙江是少数民族独龙族的聚居区,那时山里居民还停留在不知"豆腐为何物、种菜为何事"的阶段。据说云

古永昌道——早于西部的南方丝绸之路

南、海南岛的某些少数民族中过去是没有"蔬菜"一词的,只有"采集"。早期,"采集"是满足人们对植物世界需求的唯一手段。可见其工作的艰难,当然也说明了那里植物世界的丰富,以及生活在那里的少数民族对植物世界的认识比外来人有更独到的见解。

李教授返回时,独龙族的同胞用几十匹马为她驮运标本。路太崎岖,在过雪山垭口时,马失前蹄,将她从马背上摔了下来。从昏迷中醒来之后,她感到胸口疼痛难忍,但没有让扎担架,又骑到马上。那马每个上坡、下坡的颠顿,都使她感到撕心裂肺。回到昆明去医院检查,肋骨断了三根。谁知祸不单行,春节前的夜里,她在标本室整理从独龙江采来的标本时,突然吐血。去医院检查的结果:中毒!因为压制标本时需用防腐剂加上过度劳累,导致了李教授中毒吐血。

李恒教授是植物学界的传奇人物,1961年之前是俄语翻译。随先生工作调动到了昆明,俄语没用了,她便跟着所内专家学者学习植物学,参加了《中

去独龙江途中

怒江第一湾

国植物志》中天南星科、重楼科等4个科的编研工作。巨著《中国植物志》是当今世界最大的植物志,记录了中国301科、3408属、31142种植物。由我国4代植物学家费时45年才于2004年出版。该书2009年获国家自然科学一等奖。

当地群众称她为"高黎贡山女神"。就是这位女神向我们介绍了独龙江神秘的生物世界,激发我重走她的探索之路、认识当今人间"最后一个秘境"的兴趣。

于是我们溯着南方丝绸之路——永昌古道,从西坡翻越高黎贡山。在历史上,它早于西部的丝绸之路。

在山顶遗存的烽火台边,我们最少看到四五种迟花杜鹃依然灿烂,大家都流连在白色的亮叶杜鹃(但其边缘的几片花瓣却是水红)和紫色的紫背杜鹃及单花的淡红杜鹃之中……

我们曾去过西部古丝绸之路,那无边的草原、戈壁、繁星般的沼泽、湖泊,洋溢着与南方古丝绸之路迥然不同的韵味。

途中,郑云峰不时地指点着1944年5月中国军队为收复腾冲与日寇激战的战场。那天,他一直把我们送到怒江傈僳族自治州首府——六库。

然而,六库的朋友给我们当头一盆冷水,说是大树杜鹃王花期早,每年1月就开花了,彼时已是4月中旬,你想看到它的鲜花真是痴心妄想!除非你是花神!

说不上懊丧,只不过将计划做了调整,打算沿着大峡谷最为险要的一段去独龙江!

第二天,我们溯怒江大峡谷北上,直到贡山县。咆哮的江水,峡谷中的一线蓝天,坐溜索凌空横渡大江的少男少女……让我真正体会到了这条从西藏一直奔来的大江为何叫"怒江"了。难怪古人以"水无不怒石,山有欲飞峰"的诗句来描写它。

那时,到独龙江有两条路。一是沿着茶马古道步行,路程艰苦,还要翻越高耸入云的雪山;另有一条简易的公路。

但探了两次简易公路,都因塌方而无法过去。大家都焦急,我却暗暗窃喜,因为我原来就想用双脚去丈量茶马古道,领略历史和自然的美,但顾虑李老师的伤腿,当然还有朋友们的坚决反对——理由很简单:太辛苦了,且雨季提前,泥石流、塌方随时可遇到,那可不是闹着玩的。

然而两次探路,我看到了大片的近似纯林的厚朴林,那硕大的花朵如雪一般浮在绿色的树冠上——绿海浮雪。我在各种类型的森林中走了那么多年,刚刚又从高黎贡山的西坡走来,谁知它的东坡却有如此勾魂的美景,充满野性的豪放,更激起我走茶马古道的热望。天公作美,现在只剩下一条茶马古道可走了。

在大自然中探险,很多机遇只能随缘而不可强求。

这条茶马古道出贡山县城北即沿着河谷走,再翻山越岭。但朋友们却因李老师的腿,坚持用车将我们送到昨天探路的塌方处。我们从山腰下到谷底,在悬崖处踩着六七米高的木梯,再走过晃晃悠悠的藤桥,之后就是流淌着翡翠的普拉河一直陪伴着我们。那水美得让你想躺到上面随波逐流。

藤桥只有五六十厘米宽,李老师抢着第一个过去,还未走几步,桥下湍急水流令她目眩。她迈不开脚步了。正在前不得,后不得时,我说:

"看,白杜鹃,右边对岸崖上,香味都飘到这边了。"

她举起照相机,边走边按快门。刚踏上对岸,就爬到杜鹃身边。

同行的独龙族的小伙子说:"真的是香水杜鹃,像不像茉莉花的香味?我们常采它凉拌吃。"

河谷两岸的森林、林中的繁花、飞掠的小鸟——犹如仙境。只要你愿意将镜头对准任何一处,随意按下照相机的快门,那都是一张绝美的风景画——瑞香花的高贵、兰花的清雅、独龙牛四只雪白的蹄子、珊瑚兰的红艳、大雕掠

独龙牛

捕黄麂的惊险、秃杉的雄伟、隐藏在河谷中的千年红豆杉、香水杜鹃、紫杜鹃、石斛、黄连、贝叶兰、虎头兰……让人目不暇接。

我们从未见过如此原生态的自然之美！在这自然失去自然的今天，不是因为高山阻绝，人迹罕至，这样的美景还能保存？

大自然养育了人类，但又有多少人知道那不仅仅是物质的衣食住行。其实，人们还要在大自然中寻找心灵的风景，以构建自己的精神家园，为精神家园增加财富。否则，人们为什么热衷旅游？旅游不仅仅是为欣赏沿途风景行走，还是增长知识、丰富内在的活动。

据说这条茶马古道的历史悠久，至今还是唯一通向独龙江再到我国西藏和缅甸的运输通道。历史留下的驿站至今还算完好。那时主要是将茶叶和盐运往西部。途中常能看到当年逢山开路、遇水架桥的艰辛。当我们正在爬一塌方处时，传来了脆亮的铃声，一队马帮来了，十几匹枣红马驮着大包小包。

领队的看到一棵倒下的大树拦在路上,塌下的泥水和着碎石堆得像小丘一样,领队直挠头,他领着马儿是无法过去了。

我敬他一支香烟,与他搭讪。他说,运的是水泥,现如今只好到山上去另外找路了。今年运到独龙江的物资,主要是靠马帮驮。

经过艰难而又无比喜悦的跋涉,我们终于到达古驿站——其期。雪山下几幢房舍圈起了一个大院,堆满了等待转运的物资。然而,前去探路的马帮领队半夜回来说,大雪山的垭口仍然被冰雪封锁,无法通过。

但我惦记着高黎贡山深处的独龙江,于是2006年3月再去,我想雪山垭口的冰雪应该消融了,朋友的电话也证实确实如此。但到了六库,电话联系贡山保护局的朋友时,他们说,今年气候怪,前两天高山又落雪了。昨天来的消

怒江西岸高山上有一个透天巨大石洞,名曰"石月亮"

息,垭口又被冰雪封锁了,可能还要等个十天半月。简易公路仍不通。

我决定干脆去认识整体的高黎贡山。于是再掉头向南,沿着怒江大峡谷,一直走到与缅甸接壤处。总算对这座巍峨的大山有了整体的印象,对理解它的生物多样性有了初步的感受。

这年10月,终于等来了好消息,说是到独龙江的简易公路可以通车了。于是我和李老师又风风火火赶到昆明。

晨光出版社请余师傅领我们同行。他30多岁,一米七八的大汉,人也长得很帅,厚道、热情,开车技术高超。他在出版社工作时间长,耳濡目染,兴趣广泛,我们共同的话题较多。他对这次艰难的行程充满了期待,准备了照相机等。

在六库时,朋友们相聚,引得邻桌的几位傈僳族的姑娘走过来专门找他敬酒。开头,余师傅还有些腼腆或戒备,但怎经得起四五位漂亮姑娘轮番端着竹筒酒,唱着敬酒歌?他不把竹筒中的酒喝了,姑娘就毫不疲倦地唱着,这杯刚喝,另外一位又端着酒来了。他的狼狈、尴尬、傻相百出都被照相机拍下。"看来,人长得太帅,也不一定值得骄傲。"纳西族汉子小和如此感慨。

到达贡山,保护区的朋友们说公路确实通了。

第二天,天气很好,难得阳光灿烂,然而70多公里的公路,我们开车却驶了八九个小时。若是在高速公路上只是几十分钟的事,原因很简单:

那路崎岖,时而是"搓衣板",时而要下车清理落石或搬石填路,时而头顶巨石,时而要盘山……

一步一风景,都是难得一见的植物世界,奇特的生态环境。

或高山流水,或碧翠的水潭,或欣赏观赏价值很高的天南星科植物——马蹄莲、白掌都是这科赫赫有名的,中国天南星科的植物有三分之一是李恒教授在这里发现的。

初秋,大山已开始变色了,大自然已将淡黄淡红的色染到山岭上——我们是看风景的,不是赶路的过客。

独龙江以最豪华、最令人心动的一江翠绿的江水迎接我们。然而,那一江秋水并非是能以翠绿或碧绿能够描摹出的。我曾说过,在中国要看最美的水,应去九寨沟——"黄山归来不看岳,九寨归来不看水"。除了我们常见的最美的水色之外,它最为令人叫绝的是"五花海"——一个面积只几百平方米的海子中,竟有红、黄、蓝、绿好几种水色,且绝不相融,绝对恪守保持本色。真是大千自然,无奇不有!

生活在高黎贡山东坡的戴帽叶猴,国家一级保护动物

2006年的独龙江与李恒1990年去的独龙江已有了大的变化、进步,然而与山外的生活还是有着较大的差距。寨子里多是较简易的吊脚楼。我们顺着楼梯走进一家独龙族同胞的篾席掩顶、铺以茅草的吊脚楼。房间面积约七八十平方米,火塘居中,两旁有床、衣柜。主人正坐在火塘边,观赏着16英寸的彩色电视播放着的体育节目。楼外小溪旁有一小型的水力发电机,在所能看到的物品中,这大约就是最贵重的财富。

然而,山套山的地貌,形成了复杂的小环境。森林茂密,奇花异草遍地,相距不过五六十公里,但植物世界已隔了一个季节。很多植物为了适应环境已发生了变异,成了新的亚种,如董棕、如波罗蜜,这里还生活着独龙牛、戴帽叶猴，不久前新发现的贡山麂等，这个奇妙的生物世界是难以想象的。

杜鹃花很多，特别是在一山坡上，垫状的杜鹃花林有两三百平方米，然而都已过了花期，但可想象花期时那如霞花海的绚丽。可惜未寻觅到大树杜鹃王的身影。

有多少人见过盲蛇呢？我问过研究两栖爬行类动物 30 多年的程教授，他连连摇头，还说"哪有那样的幸运"。

我就在独龙江看到了。那天傍晚，在饭堂外等饭，看到外面一丛蓝花很奇特，于是走了过去。还未到达花丛，只见地上一条黑褐色的蚯蚓在干燥沙土地上游动，说得准确一点是在原地扭动，甚至弹跳，似是受到某种小虫的攻击。但它显然不是蚯蚓，因为头是圆的，尾也是纯圆的，且身上有细小的鳞片。既然能蹦能跳，应有脊椎。而蚯蚓是不可能有脊椎的，更不可能长着鳞片。

我正在彷徨时，一位老者很淡定地说：

"是盲蛇！"

盲蛇？我从未见过，稀罕！盲蛇是穴居动物，环境已使它的眼睛失去了视觉的功能，难怪它这样瞎折腾！可它为何从隐身的洞穴中跑了出来？是被敌人追击，还是……

但从老者的神态看，盲蛇在这里并非罕见。可我过去只听说过有这种蛇，就是那位程教授就说起的，据说它只有八九厘米长，是蛇类王国中的袖珍版，无毒，专门以蚂蚁和白蚁为食。我急忙去取照相机，要留下这珍稀动物的影像。然而，等我拿了相机回来，它却不见了踪影。

有谁见过鸡和竹叶青蛇干仗呢？

我在独龙江见过。那天我们走在寨子边，看到一只公鸡和一只母鸡左腾右跳，像是在跳桑巴舞。近前，原来是它们正把一条碧绿的竹叶青蛇逼到小土坑，向它发起猛烈攻击。是的，以前我只见过蛇从鸡窝中偷食雏鸡，却从未见过鸡敢于向剧毒蛇竹叶青发起攻击。那是一场绝杀……公鸡败下阵来，得胜回朝的却是母鸡。等到母鸡啄穿蛇头，将它钉在地上，那公鸡却毫无愧色地享用着母鸡的战利品……

植物学家常说，如果一生能发现一个新的物种，那就不虚此生了。

李恒教授在独龙江共采集到 7075 号标本，每号 8 份，仅仅是植物新种、变种，就发现了五六十个，至于特有种，那就更多了。其中又以天南星科的最多。

在马库，一位村民告诉我，独龙江很美，有原生态的自然奇景，但美丽的风景填不饱肚子，特别是缺少肉食，难以获取脂肪和蛋白质，虽然李恒教授在这里教过他们做豆腐、养猪，但在偏僻的山区，还未普遍推广开来，至今仍然有些人按照传统的习惯，背着枪到山上去打野物……我们究竟该怎么办？我说："现在不是正在大力推广养猪养鸡鸭吗？日子会一天天好起来的……" 其实，他的话使我忧伤……

但愿交通方便之后，这片世外桃源还能保存更好。

八月瓜，又名"土香蕉"

马缨漫山红

马缨花也能老茎生花？

确实，大树杜鹃王不时在我胸中涌动，就连之后我在西沙群岛，在茫茫的西太平洋上劈风斩浪、跟随研究珊瑚生态系统首席科学家黄晖团队考察时，它雄伟的身姿还常常在我梦中出现：梦中，我时而在高黎贡山的森林和南海的海底花园——珊瑚中——穿越；冯国楣、杨增宏、郑云峰、小谷的面容依次闪现。冯老要在山外繁殖大树杜鹃的愿望实现没有？它今年开花了没有……总感到心灵深处有着似是渴望和向往的情愫在涌动。理智告诉我应该将思绪理清，可当我想梳理时却又坠入了"理还乱"的情绪之中……

虽然那年回来之后，我们去过珠穆朗玛峰自然保护区，爬到海拔5200米；虽然之后我们又用了两年时间从南北两线走进了帕米尔高原，但我时常和李老师谈的仍然是大树杜鹃王。

是的，我们离开大树杜鹃王已有10多年了，合肥离云南的高黎贡山又何止千里之遥。然而，在2014年还是有片鳞半爪的消息曲折地传来。

其一，是关于大树杜鹃在山外繁殖的问题，据说它的种子出芽率低，难生长，因为它的种子必须落在腐木上；

其二，据说科学家已将它的种子搭载到宇宙飞船上，想看看它在太空漫游一周后，能否有神奇的事情出现；

还有一说是,它的花期并非全是大小年之分,而是在花繁—花少—无花中循环,周期尚无定论……

总之,够神奇的!

我和李老师议论、争辩着其中的真伪。她突然对我说:"何不再去杜鹃故乡看看,去云南大理的苍山——都说那里的杜鹃别具一格。去贵州的毕节——百里杜鹃织成的地球花带。有比较,才有鉴别,也能了却你的心愿。"

于是 2014 年 3 月,我们出发了。

首站是昆明,晨光出版社的杨蔚婷主任、张萌和余树成师傅陪同。

余师傅领着我们到达了大理。

车过苍山下的洱海时,迎面云蒸霞蔚的粉红,顷刻之间像是驶进了彩云之间的童话王国——满目怒放的西府海棠花犹如一群喜笑颜开的少女。西府海棠又名云南樱花、重瓣红冬樱。蔷薇科,落叶乔木。每年二三月就未叶先花。花大,热闹非凡。车停了,大伙儿屏声息气地在花下漫步,看着蜂蝶的飞舞,听着嘤嘤的低吟……

可是,我们却没看到杜鹃花林。人们常说大理具有 "风花雪月" 的风姿,即"下关的风,上关的花,苍山的雪,洱海的月"。上关应属大理,且这时正是杜鹃花期,怎可能只偶尔在街道上看到零星的人工栽培的几种呢? 我们千里迢迢赶来,不就渴望在野外见到自然赋予它们

西府海棠,又名云南樱花、重瓣红冬樱

的野性的风姿吗？当然，云南樱花也是云南名花之一，但大理的名花何止一种呢？是的，现代城市大多已失去了"天然"，多的是"人工"！这也是"城市病"的一种吧！如此一想就不太奇怪了。

当地的朋友说将军洞那边的森林公园中可能有。但等我们风风火火赶到苍山的将军洞时，却"铁将军"把门。那天是星期二，找了几圈也未找到公园里的人。

晚上，小杨和余师傅动员了一切的人脉，才了解到苍山西坡有个马鹿塘的地方，杜鹃林保存得较好。

第二天我们早早地赶到漾濞县县城，但那里的朋友说我们的越野车进不了马鹿塘。路太差了，山道、急弯、险坡多，又下了几天雨，到处都是泥泞。虽然余师傅一再保证没问题，仍然没有说服那位朋友，他又帮助寻了当地的一位师傅和车。待到我们从马鹿塘回来，才千谢万谢那位朋友的真诚，否则不知要发生怎样的事，很可能就回不来了。当然也庆幸进山的路太难，还为我们保留了很多原生态的风貌。

车在田间的小道上小心翼翼地向苍山驶去。

山野、森林处处是早春的气息。树木枝头的嫩叶，脱去枯黄的野草，黄色鹅草花，潺潺的小溪……刚上到海拔2000多米，路旁红艳的云霞从山谷溢出，如山岚袅袅升起、浮荡。我情不自禁大喊：

"停车！"

车未停稳，我就跳下。

风，柔柔的，弥漫着沁人的馨香。我缓缓呼吸着，直感到淡淡的陶醉，才悄悄地向山谷走去——

满谷火红火红的大花，像是一堆篝火，烈焰熊熊，红得像火烧云，红得耀眼，蓝天映红了，白云也泛着红晕……

啊，马缨杜鹃！

马缨杜鹃花林

老茎生花

几只羽色华丽的小鸟在花朵上时而鸣唱,时而吸食花蜜——鸟语花香。

山谷不大,却挤满了绿树红花。这种近乎纯一色的马缨花林,我是第一次看到,震撼之余,想下去看看。但坡太陡。

向导说:"山上还有更茂盛的,别捡了芝麻丢了西瓜。留点劲爬山吧。"

金黄的牛群、黑黝黝的羊群,犹如厚重的色块,将山坡上墨绿的森林染得五彩斑斓。

向导所说不虚,看似坡度不大的山路其实很难走,布满乱石和沟壑,说大不大,说小不小,一步难以跨越,常要手脚并用,还得相互扶持。

正在从一小水凼往上爬时,向导却在四周寻觅。水不多,也不深,潭底碎石清晰可见,周遭生着杂草,根本没有可称为小鱼小虾之物,倒是有几只小虫。

"喂!你在找什么稀罕?"余师傅问。

"找蹄印。"向导说。

"嗨,蹄印不是满地都有?"余师傅说。

"不是我要找的。"

"还能有黑熊、豹子?"

"黑熊有可能,豹子已多年不见了。你忘了,这里叫啥地方?马鹿塘……"

"还真有马鹿?"

"过去多,常能见到十几只一群的。它们身大力不亏,常跟牛羊抢草。"

停了停又说:

"唉,过去常有偷猎的。现在已很难看到它们了。山坡上的林子过去也稠密,不像现在有大片的空地。"

食草动物每天要饮水,水源地总是了解它们踪迹的重要地方。

好家伙,满山都是纯净的马缨杜鹃组成的森林,屹立在危崖、峡谷中、台地上,成片状。间杂着针叶树和栎树,目测多在八九米高,最高的可达10多米。树干灰棕色,胸径多在四五十厘米,其中最粗的有六七十厘米。马缨花有常绿灌木或乔木之分。这里的都已成了乔木,树冠浓密稠厚。圆球状伞形花序顶生,由十几朵小花组成,小花为钟形。

在分类上,它列入无鳞杜鹃花亚属。另有狭叶马缨花。

其实马缨杜鹃花是有多色的,只不过是在"红"中忽而玫瑰深红,忽而樱桃红,忽而粉红,忽而白中染有红晕……尤显其多姿多彩。

这里马缨花最奇特之处,似是"老茎生花"。我最少看到有三四朵的花是从树干上开放,而不是绽放在枝头。或许是因为树太高我未看清?一般说来,"老茎生花"是热带雨林中才有的景象。如可可、波罗蜜、榴梿、木瓜等,都是在树干上开花、结果,有些榕树甚至在树根上开花结果。与梨、桃、苹果在果枝上开花结果的大相径庭。看来,这片马缨杜鹃已很古老了。难得、珍贵。

马缨花的别名也很多,诸如马鼻樱、牛血花、狗血花、蜜桶花等。而马缨花是与当地居民的生活息息相关的。

云南的横断山脉的地形使交通多以马帮运输。"山里铃响马帮来"的诗意就是真实的写照。一个马帮大者有几十匹马。领队的头马和二马头上常系鲜红的丝带"马缨",而这丝带又居两眼中间马鼻上。至于叫"蜜桶花"是因其花有蜜腺。这是它的生命智慧,引诱得鸟儿们吸蜜,帮助其传花授粉。

但没看到更多品种的杜鹃。

花　神

彝族同胞创世纪传说中的花神。

从苍山归来,俞师傅和小杨都说:"跟着刘老师总是能看到奇风异景,我们在云南生活了这么多年,多在林立高楼中转,谁能想到大自然中竟有这样的美景……"

俞师傅大约是感应了我的无语沉思,他毕竟有着与我们同闯独龙江的经历,说:"听说新平那边也有杜鹃林,到那里可能看到更多品种的杜鹃花!"

李老师竟鼓起掌来:"还是你体会到了他的心思。"

可我究竟在向往、寻找什么呢?

车行了几百公里,在傍晚时到达了新平。县城在绿树、溪流中,恬静、淡雅。但到达杜鹃园,仍然只有玫瑰红的马缨花,偶见一两株雪白的杜鹃。当地的向导说,其他品种的杜鹃花期要迟一些。

还未下山,李老师就对我说:

"去贵州百里杜鹃看看吧!否则你总是……"

她欲言又止的神情,使我很感动,真是知夫莫若妻了。然而,前两天从她走路的姿势看,我估计她的脊椎旧疾可能又发作了。肯定是因为每天坐车在山路上颠簸所致。于是我只注视着她的腰部,她却笑着说:

"没事!赶快请俞师傅帮我们订到贵阳的飞机票!"

到达贵阳时没想到竟然是熟悉的小吴来接——他是我们在10多年前，两次来贵州沿河县麻阳河黑叶猴自然保护区相识的。黑叶猴是国家一级保护动物，我国特产动物，珍贵稀有，但已濒危。虽然重庆和广西也有分布，但麻阳河是最大的种群，有几百只，它们栖息在麻阳河的峡谷中。此处是典型的喀斯特地貌，峰丛林立，溶洞深幽。

这个峡谷是由麻阳河切割而成的。水色茵茵，峡谷宽不过六七十米，相对高差却在百米之上，被地质学家称之为"厢式峡谷"。峡谷险峻，两旁的树木多是"横树垂枝"。我们却要在这样的峡谷两壁爬上爬下，如果没有小吴的扶持，李老师根本是寸步难行。正是在这艰难险阻的跋涉中与小吴结下了难忘的友谊。谁能想到他刚被林业厅调来协助工作——实际是培训——不到一周。朋友们常说我们在野外总是"吉人自有天相"，总有"贵人"相助。

小吴说："已问过毕节那边了，说是那里的花信要迟些，需等几天才能看到百花争艳。"

李老师一听就乐了："我们来贵州探访黑叶猴、灰金丝猴、海百合和贵州龙化石以及讲课最少有三次了。一直为未能去荔波茂兰自然保护区而遗憾，那可是我国唯一的喀斯特森林生态系统的自然保护区。再说，那里肯定也会有杜鹃花。怎么刚巧你在这里，车呀、路呀都不要我们烦神了，真是天助我也！"

贵州龙和海百合化石的发现，曾震惊了世界。想想看，在几平方米的青石板上，竟有几十朵海百合花绽放，熠熠生辉，那是千万年前生命的影像啊！奇妙的是海百合虽然有着植物的符号，却是动物，那花却是它的触手和器官的集合……难怪它成了博物馆的镇馆珍藏。当然，它们证明了这里原是大海。有了那段经历和认知，也就使我们在喀斯特地貌中行走时，多了一层在海底世界穿行的感觉。

小吴说："经过了麻阳河的考验，还有什么地方我不敢陪你们去的？两位老师对大自然的热爱、保护的精神，时时都在激励我们。不过，刘老师编的

《生态道德读本》回去后要多寄几本给我。"

我也喜出望外。是的,在大自然中探险的很多机遇是可遇而不可求的。因为我们不会开车,即使会开车,内地的老师傅也不敢在青藏、云贵川高原自驾,总是要请当地的师傅代驾。更何况我们已是70多岁的"顽童";因而总是要依靠"天时、地利、人和"这三大法宝才完成了几次无人区的探索。

我们乘车在风雨中穿行,沉醉在各种拔地而起的喀斯特锥形峰丛、洼地、油菜花、蚕豆、麦苗组成的景色中。路上弯道多,只要随便转个弯,景色便异,诗意朦胧,烟雨柔美,峰丛阳刚——喀斯特地貌独特、神秘。连绵不绝的峰丛、洼地,常使我感到似是当年在柴达木盆地的雅丹地貌中蜿蜒——那由风雨雕琢的各种土丘,极似峰丛,但苍茫、落拓、更是黑褐一片,没有一丝绿意……经过五六个小时的跋涉,终于到达茂兰。

在茂兰的几天,最使我感动的是什么呢?当然是喀斯特地貌中的水景山色,以熔岩、溶洞、暗河、潜流为特点。杜鹃花很少,且都只有花蕾。

一般说来,喀斯特地区易干旱,但茂兰的地下水却是二元结构。森林中枯枝落叶充填层的上层,通过裂隙的水和下层喀斯特水并存。在峰丛森林中行走时,不时有地下水冒出,形成小溪、小河,那水或碧绿,或湛蓝,或清亮,种类形态繁多。与山峰相映,展现出千姿百态的山景水色。

那水忽而露头,忽而潜入,来去无踪,显得无比神秘。

再者是喀斯特奇异的地貌上的森林,多是嗜钙的树木形成了多种的森林地貌景观:

漏斗森林——林木屹立在喀斯特峰丛漏斗中,很似天坑中的绿海,也有人称之为地下森林。

洼地森林——所谓洼地,即是峰丛中的平地。森林与庄稼相伴,又有地下河流出,或为瀑布,或为小溪,随着春种、夏长、秋收、冬藏色彩变幻,交相辉映。

槽谷森林——林木屹立在喀斯特的槽谷中,谷中巨石累累,绿苔耀目,藤蔓纠缠……形成了光怪陆离的童话世界。

其外还有谷地森林、水上森林……不一而足,总之是喀斯特地貌与森林的神奇组合。

天天都在落雨。今早终于停了。

小吴说:"天气预报后几天还有雨。往百里杜鹃赶吧。"

我注视着李老师的腰部,这几天她走路的姿势很不对劲。

她却爽朗地说:"没事。"

谁知车未行到百公里,又是滂沱大雨,只得冒雨前行。

毕节在贵州的西部。在毕节中部的普底、金波、仁和、大水4个乡,天然生长着绵延百里的杜鹃林。每年3月至5月,杜鹃绽放,壮观、瑰丽,犹如缠在地球上的彩带,号称"百里杜鹃""世界上最大的天然花园"。如果有卫星的彩色照片,那震撼力肯定惊人!小吴说那里生长着20多种各色杜鹃。

下午3点多钟到了普底,为找林业局的朋友,耗了一个多小时;因为那里的路总是在山峦、丘陵间迂回。

稍事休息,雨停了。我们没让向导指引,其实也无须向导,只需闻香知花,见花寻路。

首先抢眼的是马缨花,花的火红只是色彩,满山满岭的锦霞才是漫天的画卷。这儿和马鹿塘的区别是一个岭头接着一个岭头,岭不高,多在五六十米,大约也属熔岩、峰丛之类。因此,犹如火炬列阵,而马鹿塘是片状的,如地毯般铺在山坡上。

我们所登的岭头不高,形如馒头,从下面沿着杜鹃夹道登越,花在头顶上绽放,小鸟和蜜蜂在树冠上的花丛中飞舞。

大约走了五六十步台阶到顶,这儿又是新的世界——真如东天一片早霞映落,就在一片热烈豪放的玫瑰色马缨花旁,竟然有了朵朵粉红、灼灼银花、

五彩缤纷的杜鹃花

高雅的淡蓝、紫色的大花。粉红的花瓣上染着桃红、樱桃红、淡黄的花瓣簇拥着枝头艳红的花蕊……美轮美奂，让人目不暇接——多样性总是繁荣昌盛的标志。

我就是在这个小岭上，认识了其他各色马缨杜鹃，粉红的、樱桃红的、胭脂红的。

老天垂青，突从西天的云层中洒下了阳光，山野顷刻辉煌灿烂！云、山岚在山谷中浮荡，洋溢着令人心旷神怡的馨香……

薰人的春风,隐约传来异响,敲击了神经。悄走几步,探头看去——啊,岭下有岭,层层叠叠,那一片一片的杜鹃林全都掀起"浪花"、这是真正的花浪!难得一见的花浪!

又是一阵异响从林下的杜鹃林中传出。这声音似曾相识,慌得,我从岭头就往下钻,哪管藤蔓的牵缠、荆棘扯着衣裤不断撕拉……

我终于到达了发出"砰砰"声的地方。可是,杜鹃林下杂树杂草太多,只能听到其声,而无法见到神秘的身影。我蹑手蹑脚往前走,那"砰砰"声似乎也在向前移动……

"看那边,一丛黄花遮掩的空地。"

谁?

原来是李老师。她什么时候悄悄盯上,追随来了?

是的,我循着她的指示,终于看到那发出"砰砰"声的朋友。

"是野雉?"她问。

也只有野雉在求偶时才会发出这种声音。但这绝不是一般的野雉,凭经验,在这样的生态环境中可能生活着珍贵稀有的雉类。

那团红艳、金黄的光彩,竟有些眼花缭乱——那位雄赳赳的雄雉,身着红艳、金黄的羽毛,展开翅膀,围着一团麻褐色,拍着、跳着,左旋、右旋。那团麻褐色——肯定是母雉,只是悠闲地时而啄一口地下。

雄雉狂热了,耸起颈羽,展示一奇异、绝美的图案,如一扇形围脖,向女伴倾倒,鲜艳围脖上一对明亮的小眼含情脉脉……

"红腹锦鸡?"李老师问。

"还能是谁?"

红腹锦鸡激情澎湃的桑巴舞,尤其是那如魔如幻铺展开的颈羽……终于引得女伴驻足,抬眼注目……

"刘老师!李老师!"

红腹锦鸡

林外袭来一股嘹亮的声浪,一声比一声焦急。

小吴的喊叫,像卷起一阵狂风,吹灭了林中那团火,红腹锦鸡销声匿迹了。气得我真想给他一巴掌!

小吴见我们从林中懊丧地走出,心里似乎有些明白,忙说:

"我闯祸了?发现了什么奇事?我是担心你们迷路了。看,雨又下了。"

李老师宽慰道:

"一对红腹锦鸡正在打篷子。没事!我们在川西、在秦岭都见到过,特别是秦岭佛坪的那只,在林缘边追虫,足足让我们欣赏了二三十分钟。"

真是应了调侃贵州的一句谚语:"天无三日晴,地无三尺平。"春雨时紧时疏。紧时我们就躲树下,疏时就慢悠悠地看花寻路。

一阵大风吹来,阳光骤射,杜鹃林闪着红的、绿的、黄的、紫的光芒,映得蓝天也辉煌灿烂……

"看,紫气回荡!"李老师惊呼。

是的,杜鹃林弥漫起了紫色气体,若隐若现,飘忽、浮荡,充满了神秘感,杜鹃花朵颤摇……惊心动魄的生命之美！自然之美！

水是生命的源泉,忽而为雨,忽而为云。云的飘忽,赋予静静屹立的森林、山崖以灵动,于是一切都充满了生命的律动,勃勃生机幻化为美!

贵州是少数民族聚居区,百里杜鹃处居住着彝族、苗族同胞。每个民族都有自己的创世传说。向导说,苗族的创世传说中就有关于杜鹃花的故事,因而他们崇拜杜鹃花,保护杜鹃林。无论是插花节或跳花鼓的节日狂欢,都是在杜鹃花盛开的林下举行的,因而建有花神庙。

人类在孩童时期对大自然充满了崇拜,但每个民族都有各自的崇拜对象。以我40多年来在大自然中探险的经历,这是我第一次听说为花而建的神庙,之前有为树木建的庙,我们去瞻仰过。

1999年,我们第一次到贵州时,在探访了梵净山灰金丝猴、麻阳河黑叶猴之后,又驱车数百公里到习水中亚热带森林自然保护区考察。

保护区有棵杉木王。连地图上也有明确的标志,看来非凡,值得保护区的朋友自豪! 林学家认为树的胸径(离地1.1米处)达到一米的,即可称"王"。保护区的朋友说,这棵杉木王的胸径已达2.38米。1976年,南京林学院的一位教授来考察之后,为其顶冠加冕,确定为中国现存的最为雄伟的"杉木王"。

然而,那天我们为了找到它却大费周折。开车的师傅一会说就在前面,一会又说树王可能被挪走了,我们总是在山沟里转。最后,还是从这个山谷往那个山谷转时,我突然发现有座寺庙,牌匾上"杉王庙"三字赫然显目。这才让我们找到了隐身在山坡下的树王。

这棵大树直干通天,闪着赭红的光芒。树冠浓稠,裸露的树根鼓突、圆润,青春焕发,犹如红玛瑙凝成的象脚。我一说,同行的都说像极了。一般说来,杉木生长到60年已进老年,据说它的树龄已200多年,当年红军长征过此地,毛泽东和朱德都曾在它树荫下纳凉。为何历经数百年还能如此青春焕发?

大自然的伟大、神奇,总是给人们丰满的关于生命的启示,不由得你不去崇拜、敬畏。

花神庙在岭头上的云霄之中,烟雨中尤显雄伟、神圣,庙前是山谷中的一片平地……

"你怎么只站着不走?雨大了。"李老师在身后推了我一把。

我说:

"看看,彝族、苗族的姑娘、小伙子是不是正在广场上举办跳花鼓、插花节?"

"你在神游吧!没听到芦笙、锣鼓声呀!"李老师说。

"等等,别急……"

微风起。雾薄。天朗了。杜鹃花红了、紫了。

"嗨!还真是的哩,原来广场上有这么多跳舞的、奏乐的、唱歌的,栩栩如生,妙趣横生的雕像……真是人神共舞,神来之笔。"

李老师早已跑到广场上,在一组组雕像之间流连。

花神庙的左侧就是杜鹃谷。峡谷宽约有四五十米,深不见底,满谷的各色杜鹃花——团花杜鹃、美英杜鹃、紫背杜鹃、云

花神雕像

锦杜鹃……在云河中闪光荡漾，随着气流的浮动，幻化出千姿百态的形象。

我们就伫立在跨峡的桥上，陶醉在雾中杜鹃的百出花样、花神所居的云霄……

从花神庙中走来一位面颊红润、白发苍苍的老者，看到我们在花神庙和杜鹃谷久久徘徊，于是讲了祭花神的传说——

传说，很久很久以前，天突然破了5个洞，洪水淹没了大地。彝王支

花神庙

格阿鲁的母亲把刚刚降生的男孩小阿鲁装进葫芦,随波漂走,后被天神策举祖所救。

　　支格阿鲁长大后,策举祖派三女儿索玛蔚和支格阿鲁到人间治水,随后两人结成了夫妻。水患治好后,策举祖下令召回索玛蔚。但索玛蔚已经无法丢下彝王支格阿鲁和她的子孙们。她灵机一动,随即变成了一株杜鹃花树,躲过了策举祖的召唤。后来,杜鹃花树繁衍成了千千万万株。从此为了纪念她,每逢花神节各族同胞都聚到花神庙祭拜——祈求风调雨顺,五谷丰登,六畜兴旺,福德安康。杜鹃花成了彝族同胞的"花神""圣花",受到了悉心保护。我们今天所看到的天下最大的天然花园——"百里杜鹃"才得以保存。

明天将直奔贵阳机场。晚上,发现李老师在床上翻来覆去,时而还坐起来抚腰、捶背。我感到事情不妙,肯定是椎间盘的痛。我一再问,可她总是说,大约是这几天太累了,休息一下就没事。

第二天,在"不是桥,就是洞"的山道上驱车几百公里,到了贵阳机场,李老师的腰部却疼得下不了车了。我和小吴借来了轮椅。

我很焦急、不安、自责。

深夜回到合肥家中。李老师在床上躺了3个多月。

生命的智慧

是大树杜鹃王激励我熬过了躺在床上的三个多月！

我很自责不该安排这次探访杜鹃花之行。是什么使她提出要再去看望杜鹃花呢？是因为我时而流露出的对大树杜鹃的怀念和耿耿于怀的遗憾或向往，抑或这种遗憾和向往令她感动？可连我自己也不清楚究竟是在寻找什么？其实，在到达昆明时已发现她走路不对劲，我还特意挤出时间硬是带她到中医院看了医生。医生听她陈述后说没有根治的办法，只能开些活血化瘀的药回去敷，可缓解。但她不愿敷药，是担心我取消行程，还是当时并不严重？

拍片后，才知道她脊椎上第四、五椎间盘陈旧性突出且滑脱，较为严重，需要手术。她自幼家境贫寒，是靠每年的寒暑假打工、人民助学金才读完大学的。打工中扭着、碰着并不稀罕，但年轻气盛，扛扛也就过去了。谁知随着年龄的增长，年轻时落下的伤痛是要回来讨债的。

要给70多岁的她动手术，而且是脊椎？我哪有这个胆子！

我带她去上海就诊。上海作家协会和出版社的朋友帮助联系了两家一流的医院。第一家的一位留学归来的主任医生的诊断结果，首选方案即是手术！这位博士反复强调只是小手术，成熟的手术。大约是看到我犹豫，刚巧有位50多岁的病友从身旁经过。博士喊住了他，说他也是这样的病，刚动过手术。那人高兴地说："我也是坐着轮椅来的，一个星期前动的手术，现在不是像常人一样走路吗?"

李老师有些心动。

我却说:容我们考虑考虑吧!

第二家的医院,那位专家的挂号费是数百元。他看了我们带去的片子,作了简单的检查后,结论仍然是手术,小手术!

我问"小手术"的内容。

他说:"将突出、滑脱的椎间盘复位,钉上钢板,固定。"

我说:"你不是说她骨质疏松,钉子能吃上力?"

他说:"没问题,先给骨质灌'水泥',吃得住劲。"

天啦!这还是小手术?难道要让她终生背着钉在身上的一块钢板?

亲友们都来看望,提了很多好的意见。侄女说她可以请到那个医院最好的教授主刀。外甥女儿说她到医院护理……

我却带着李老师回家了。为什么?

我想起了大树杜鹃王,想起了我和李老师共同考察过的杉木王、银杉王、香榧王、铁树王、银杏王——它们是我们今天唯一能看到的,生于几百年、几千年之前至今依然鲜活的生命!那么,它们为何能经得住岁月、自然灾害等的磨难,至今依然鲜活呢?

是因为它们的生命智慧,坚韧不拔的顽强精神,是因为它们与立足的小生物圈的生态平衡,是它们的自身生态的平衡。我在拙著《解读树王长寿密码》中曾说过:生态平衡,作为个人说来,首先是自身的生理和心理的平衡,大凡心理的极大落差,容易引发生理的紊乱——生病。再是大自然的生态平衡。人与环境的生态平衡,才能构建成人与自然、人与人、人与社会的和谐。

我不相信现代医学?当然不是。我的祖父、曾外祖父都是当地很有名的中医。虽然我懂事时他们都离世了,但耳濡目染,还是使我对中西医的区别有所理解。我肤浅地以为西医注重用各种药物对付病菌、病毒,哪里出了问题,就对它采取措施。对李老师的椎间盘突出、滑脱的治疗，就很典型。而中医呢？是从人的整体机理，特别是将人与自然作为一个整体来调节，以达到平衡、和谐。

对待所谓的"疑难杂症"，以及老年人常见病的养护，中医的治疗虽不能说"妙手回春"，但常有奇效。

我把这些想法和李老师作了沟通，因为这些鲜活的事例都是我们共同在大自然中的亲身经历，特别是对大树杜鹃王的追寻……当然也说了手术是万不得已、最后的选择。

李老师听得心情激荡，满脸的笑容："好，听你的！"

医学毕竟是科学。我对医学只是一知半解。李老师仍然躺在床上，一走路就要忍受巨大的疼痛。那不是常人能忍受的。

但笨人有笨办法。我先请人在网上查阅全国有哪些医院采取过非手术治疗的办法，再是寻找有关这方面的学术论文。

信息显示有西安、武汉两家一流的医院说是可采取微创手术，无须开刀、钉钢板。我立即将李老师的病历寄给那里的朋友，请他们代为去咨询。反馈很快来了：微创无法解决她的问题，只有开刀。

然而学术论文或报道的资料却有几十篇，我一篇篇认真阅读，终于有了发现。其中有位中医的文章，说是采用了针灸和推拿的办法，在30多名病例中治好了一半以上，更巧的是其作者就是安徽中医学院的徐大夫。

我首先去拜访了这位徐大夫，并察看了他的治疗室。他认真看完了病历后说：缓解，走路不疼是可以努力争取做到的。根治是不可能的。说治好不准确，因为这是陈旧性的伤，是年轻时受的伤损，在老年人群中多见。再让突出、滑脱的椎间盘自动复位，可能性不大；但缓解它给病人造成的痛苦，提高生活质量是可以做到的，并非一定要用大手术。手术本身就是对身体的伤害。

他得到了我的信任。第二天，我就推着轮椅带李老师去做每天一小时的治疗了。

过了一段时间,李老师感到有缓解,能作短距离的步行了,然而基本无法弯腰,走路时还常常要两手抚腰。但两个月过去了,依然没有大的好转。

我能感受到她的痛苦。想想看原来活蹦乱跳、成天忙个不停的人,突然只能每天躺在床上,那是怎样的煎熬?她几次欲言又止的神情,我太明白了,无外乎是"长痛不如短痛"。但我总是用我们考察中所见的大自然的神奇故事安慰、鼓励她,给她以信心……

其间,大儿子君木的夫人柴萍来电话,说是她的母亲曾听说一位街坊嫂

2014年,作者夫妇在贵州苗族雷公山考察杜鹃花

子治好了与李老师相同的病。找的是南京鼓楼医院的朱教授。我赶忙托人去询问,那里脊椎骨科确有两位朱教授,一男,年轻的博士,一女,老教授。该找谁呢?是谁给那位街坊大嫂治的呢?

我给那位女教授发了个短信,问李老师的病状是否存在不用手术治疗的办法;因为我感到年长女同胞对年长女同胞的病况可能有较好的理解。当天就收到了回复,说是我可在网上预约某天的号。

我带着李老师如约赶赴南京,找到那位朱姓女教授。朱教授仔细询问病情,细看了CT片子,做了检查后说:"我先开些养护神经的药,一个月后不见明显好转,再来。"

一个月后我们又去了。她说:"看来骨质疏松是主要问题,我再开种针剂,一个疗程10瓶,每天一针。有问题再来。"

刚打完第三针,即第四天的早晨,李老师对匆匆要去买菜的我说:

"你赶快吃早饭上班吧!我去买菜。"

我愣了,只是看着她笑得像朵花。我兴奋得跳起,抱住她。

很多朋友都来祝贺。

我说:"我2014年最大的成就就是治好了李老师的腰。"

李老师说:"感谢大树杜鹃王,它是那样坚韧不拔,顽强地应对岁月、风霜的磨难——焕发着生命的美丽和智慧,是它激励我熬过了躺在床上的三个多月!是大自然给予的我对她的热爱的奖励!"

2018年1月22日初稿
2018年3月18日改定

下集

37年：重返高黎贡，续梦大树杜鹃王

——心灵家园

我们生活在哪里？

无数星球中的一个星球——地球——人类唯一的家园。

生活是什么？我们追求的是什么？

每个人都生活在人与人、人与社会、人与自然的关系中，追求着和谐与幸福。我们每个人都在创造自己的物质和精神的世界，追求两者统一的丰富和美好。精神家园里有理想、智慧、自信、奋斗、勇敢、创造、坚强……

从某一层面说，人的精神世界的丰富、崇高与否，决定了他的幸福指数、生命的意义。

人们总是在自然中寻找着心灵的风景，以构建自己的丰富多彩的精神家园。

2002年，当我在高黎贡山瞻仰大树杜鹃王的壮美时，心中就矗立了一座神圣的殿堂。时时回忆、牵挂、想象、期待、向往……仅仅是没有看到她灿烂的鲜花？是，但也不全是，总有我说不清、理不明的情愫……

从高黎贡山回来后，我将《圆梦大树杜鹃王》写成，2003年出版了。

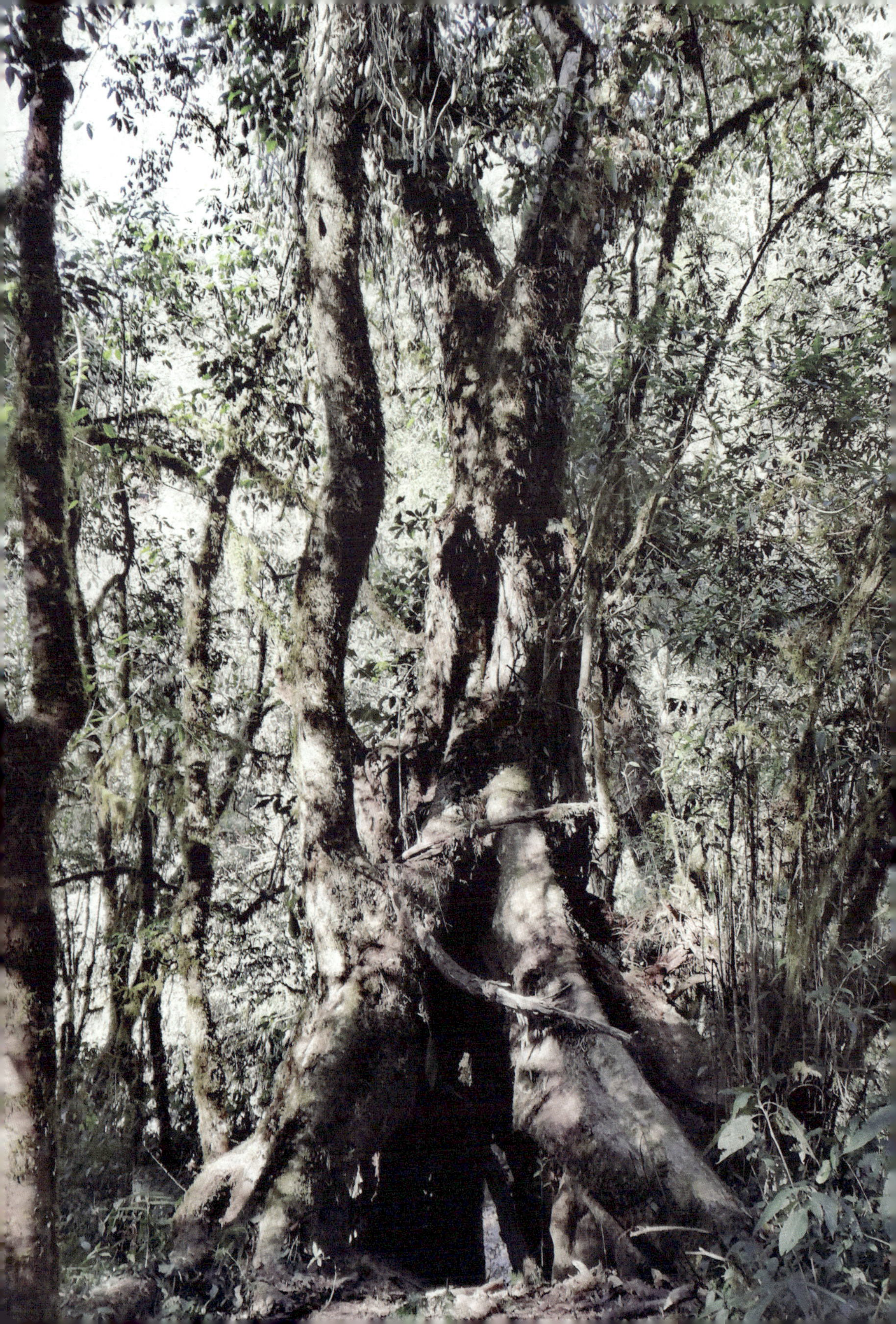

朝山 1：心有灵犀

创造新的阅读喜悦，看到从未见过的自然之美。

那时，我和李老师都已年过花甲，得抓紧时间去认识向往的自然。

水是生命的源泉，中国的水塔在西部。于是，我们探索了三江源、怒江源、雅鲁藏布江源，目睹雪山、冰川的融水汇成了大江大河。

既然水源在高山，那么山之源又在哪里？于是连续两年横穿中国，从南北两线走进了"万山之祖"的帕米尔高原。

我们六上青藏高原的行程多是在这段时间完成的。2011 年去认识大海，两赴西沙群岛，停留 40 多天，之后在海南。

李老师看我仍不时提起大树杜鹃，建议去看看大理、贵州的杜鹃。于是就有了 2014 年大理苍山马鹿塘、贵州毕节的百里杜鹃之行。领略了多种杜鹃的风采、少数民族中的杜鹃花文化。

大约是 2014 年后，有位北京的青年朋友听我说过寻找大树杜鹃王的历程，向我索要了一本《圆梦大树杜鹃王》给他，他竟然邀了几位朋友，奔赴云南高黎贡山探访了大树杜鹃王。回到北京后来电话说："太壮美了，那不是一棵树，是一首诗，是生命之歌，我会永留心间。"后来，风闻去瞻仰大树杜鹃王的人络绎不绝。得知大树杜鹃王的一个分支被大雪压断后，我沉不住气了，想方设法找到了 2002 年同去的郑云峰。他在电话中证实了这个消息，说是大树

怒放的杜鹃花

王已被大众知晓,进山探望的人很多,且有摄制组进去拍片,随身带的就是2003年出版的《圆梦大树杜鹃王》,按图索骥。这本是自然的事,却在我心里掀起了不平常的波澜。

我想起了冯老和赵晓东都曾说的意思相同的话:想看高黎贡山就得抓紧时间,只争朝夕,别犹豫。为什么?今天能看到的,明天说不定就看不到了!

对这我深有体会:1981年曾在川西探访的若尔盖、红原草地、大渡江……只时隔几年再去,它们都已失却了当年的洁净与美丽。因而,我在描写它们的作品再版时,都写了"后记"。立此存照。以寄托我的忧伤、愤怒,警醒着人们保护我们赖以生存的家园。

大树杜鹃王的断枝向我敲起了警钟,她毕竟已600多岁了,还能等我多久?我也不再年轻,还能等待多久……我精神家园中的她,应该是既有绿叶,更有红花的完美……

真是无巧不成书。2017年12月初,年轻的朋友——湖北科学技术出版社社长何龙来合肥看我。我和他的友谊起始于10多年前,也可以说起始于《圆梦大树杜鹃王》。大概是2001年,他为出版社来约我书稿,是奔着我的大自然文学来的。

相谈之后,我感到他对大自然文学和出版业有自己的见解,和我有很多相似的理念——在自然不断遭到破坏,自然失去自然的当代,应该还给孩子

和大众一个真实的自然。只有认识了自然才能热爱自然，才能培养、建立生态道德，保护自然。因而我们决定共同来做一套图文并茂的大自然探险纪实的书。那时要用照片配图，肯定增加成本，是需要勇气和魄力的。何龙做到了。这套书一共8本，《圆梦大树杜鹃王》在其中。这套书出版后反响较好，获得了国家大奖。之后，他每到合肥都来我处一聚，特别是主持湖北科学技术出版社工作后，每次都带来了新鲜思想，把事业做得风生水起，有了自己的品牌，还在非洲的肯尼亚开疆拓土……

谈话不知怎么一转，转到拙著中闪耀着的博物学光彩。由博物学谈到北京大学哲学系教授刘华杰等人，几年来为倡导古老的博物学新生所做的努力。朋友相谈，话题总是跳跃式的。初中一年级时教的博物课，引起我很大的兴趣，直至今天依然如此。因而都很兴奋，兴奋的结果更使跳跃的思维加速。一转，他说正在将新媒体植入纸质书，将优秀的传统文化如《天工开物》《本草纲目》等用高科技再现，赋予阅读新的生命……终于转到将拙著中描写的大树杜鹃、金丝猴、银杉、大熊猫这些中国特有的动植物的纸质书中植入多媒体，开发一种使读者感受到真实的自然的书……

文学和新科技的结合，太有意思了！因为大自然文学原本就离不开严谨的科学。

古老的博物学对科学的"启蒙"和发展的促进，其功绩是怎么评述也不过分的。在今天倡导博物学,还是倡导一种新的绿色生活方式,建立生态道德,加快推进生态文明建设。但新的博物学如果有文学的翅膀,将飞得更高更远。

所有这些都勾起了我内心积郁的大树杜鹃王的情愫。

作为植物标本,花朵不可或缺。作为大树杜鹃,没看到她的花朵,当然会使她的神韵在我心中缺失。

是的,我应该去拜访大树杜鹃王盛开的鲜花,了却心愿,向她的智慧、美丽献上我的敬意!

我将一部已开了个头的长篇计划放下,默默地做着准备工作。然而,知情的朋友却婉言相劝:"你已不再年轻,虽壮心不已,但你和李老师毕竟已80岁。不是常听人说与亲友的往来应'70(岁)不留宿,80(岁)不留饭'吗?"

虽然到腾冲已有航班,然而腾冲到大塘还有八九十千米,大塘保护站到进山的一号界桩还有10多千米。尽管这些都可乘车抵达,但那座山我们能翻得过去吗?16年前我们可在山上攀爬了五六个小时才到达露营地,第二天又是一天的行程……

我的生日有些不一般,如依农历算,每年都能吃上李老师做的生日面。如以阳历算,有年,我要过两个生日,但却有一年吃不到生日面。

2018年年初,成了"80后"时,去拜访大树杜鹃王的决心已坚如磐石。

我想试探李老师,开头有意制造了氛围,可我刚要点明主题,她却说:"别绕弯子了,请直说。"

我被激得脱口说出:"2月份去看大树杜鹃王盛花的景象,你去吗?"

"这份荣耀你可不能独吞!当然去。别想甩下我!"

"那山路……"

"你不是问过小郑,已新开了一条沿着大峡谷走的路,来回只有10千米。不再翻山坳子。用不着带帐篷,一天就可来回吗?"

深山杜鹃

    郑云峰是16年前领我们进山的，现仍在高黎贡山国家级自然保护区保山管理局工作。

    "若把你的腰痛累得再犯了，我可承担不起。"

    "我身上的病我清楚。可岁月还能容我们再等吗？不是证实了大树杜鹃王已断了一枝，现在真成了'一枝独秀'了，还等得起？别顾虑重重的，赶紧做准备工作吧。我倒是担心你走不动……对了，大树杜鹃王今年开不开花？"

    它的神秘就在于，并不是每年都开花。

    "郑云峰说今年肯定开花，因为护林员已看到它萌出的花蕾了！"

    郑云峰很聪明，从我所询问的事情中早已明白了我的心思，说："从护林员的巡护日志中记录的物候分析，好像知道你们要来看望，今年的大树杜鹃王肯定是盛花。而它的盛花期并不是每年都有的啊！下决心吧，我们的姜明局长说热烈欢迎。"

我说:"我们已不再年轻了。"

他说:"不就'80后'吗?以我对你们的了解,没问题。我一定还为你们保驾护航!等着你和李老师!"

在山野里结下的友谊就是牢不可破,16年间他的手机号换了,转了几个人才得到他现在的号码。那天电话刚通,就听到他喜悦的声音,热情的问候。后来别人告诉我他已任办公室主任,难怪他说一切杂事由他负责。

2017年底和2018年初是我们通话的密集期,他不断转报护林员观察到的情况。2018年1月中旬,说已开放出第一朵花了。没几天又说已有五分之一的花开了,或是每天都有多少人群进山看花了,或是又有摄制组进去拍片了……他在为我们挑选最佳的时间——

雪峰与红花相映

盛花期。

何龙请了出版社的责编、数字公司的老总来合肥与我谈行程和拍摄计划。

朝山2：火山熔岩的魔方

火山爆发,制造出变化万端的熔岩。

不巧的是适逢春节,飞机票紧张,票价上涨。但我们还是决定年初五即2月20日出发。

当天赶到了腾冲。郑云峰在机场接到我们时,老朋友相见的喜悦引得很多人投来钦羡的目光。不久,出版社摄制组的小强、小张、小焦都到了。

腾冲是我国三大地热集中地之一,有90多座火山,80多处温泉,蔚为奇观。它与高黎贡山的生物多样性有着密切的关系。为了再现当年的探索之路,21日,我们重走了火山博物馆之路。

博物馆在古火山口。下面有个陈列室,其建筑是由褐色和赭色的火山岩组成的。风格迥异,别具特色。工作人员向我们介绍了相关的科普知识,最具看点的是火山爆发时在高温高压下形成的各式各样的火山岩,特别是如炮弹形的火山弹。这里我们来过几次,遗憾的是原有放映火山爆发影像的放映室被小卖部占了。另外,广场上火山石的雕塑也没有了。

今非昔比。那年我们爬了七八百个台阶才到达古火山口,现在小强、小焦他们在山下就放飞了无人机,只听蜂鸣声起,"银燕"已垂直地升空,到达七八十米高空即向古火山口飞去。小焦操纵着无人机,只见那银色的光点在蓝天忽上忽下、盘旋、飞掠……不久,无人机回来了。

小焦将照相机取下，回放。在视频上，三座古火山口——即大空山、小空山、黑空山——由南向北一字排开，如天坑，连熔岩形态、大小及熔岩流向也清晰可见。似乎再现了火山爆发时强烈的视觉冲击力，蔚为壮观！

这是在地面任何照相机也无法拍出的效果。更是游客难以看到的景象，难得现在有了热气球，满足了游客凌空一览的欲望。是的，如将它植入纸质的图书，读者肯定会为享受到难得一见的自然之美而欢欣鼓舞。

何龙的策划太妙了。

黑鱼河的火山熔岩更是匪夷所思。它离火山博物馆只几千米。16年前我们是从河口水电站引水渠进去的。现在改由盘山而上，才看清路旁的山坡似乎是大小熔岩的堆积物。

证据之一，其上的树木具有火山岩植物让人一眼难忘的特点——倔强——树不高、苍劲。从树干上的纹理可看出它们是如何坚韧不拔地在石头上扎根，奋力向上。那年我们在黑龙江五大连池——它也是我国三大地热之一——我为我国火山群一在西南，一在东北，成对角线分布而感到奇怪。五大连池的火山群以玄色的熔岩汹涌澎湃之势形成庞大的石海、石河令人震撼。但生命更加伟大，树木早已在这些贫瘠的石海上扎根、

墨鱼河的柱状节理火山岩

成林。有种火山杨的形象品格，与这里的树木何其相似！

证据之二，是林下裸露的石块，显然是火山熔岩。

山顶新辟了瞭望台。俯身远望，黑鱼河在百米之下将大山劈开，峡壁对

峙。山两边的断壁上都是六方柱形节理的火山熔岩,一根根清晰可数。奇在上部如束,而下部向两旁叉开,如帚。似是不堪上部的重压,纷纷向外倾斜,有的石柱居然压弯了……这种状态显示了怎样的自然力的方向?

寻觅四处,根本未见到似是火山口的地形,不禁令人浮想联翩——原来这里并没有黑鱼河,是火山骤然的喷发,将大山一劈两半时炸碎了原火山口,还是后来的河水将火山口切成深壑?

我不是地质学家,不敢妄测,倒是从这个位置观察,比在下面河边看时,对火山爆发的地崩天裂有了更强烈的印象!

小强他们在下面河边升起了无人机,我很想看到从高空俯瞰的这条地缝的景象。然而,却发现河对岸原有的密密的石桩插入深处的六方形柱头似乎看不到了。那年可是清清楚楚。难道是自动潜沉地下?仔细搜索,发现是被淤积的泥沙掩盖了,失去了这些裸露的柱头,也就使这里大为失色。

沿引水渠到出口的路不通了,只好再爬到山上。沿着新的旅游路线,走着走着,就悟出了改道的秘密——间隔两三百米就是热卖各种商品的摊点。让游人绕这么个大圈子原来是为此。这种过度开发实在可怕!

所谓六方柱状节理的火山熔岩,是火山爆发时形成的一根根玄武岩的石柱,互不相连,犹如人将巨石熔化后,再按统一的规格制造的。它形成的原因令人百思不解,充满了大自然的鬼斧神工,即使是在火山群,也是难得一见的奇观,难以用文字描摹。然而视频却可直观,这是图书植入多媒体的优势。

曲石就在黑鱼河的附近,看到镇头巨石上红色大字"曲石",比当年经过这里时多了一层感悟:原来它的名号是源于河边弯曲的火山熔岩!是的,那年晚上瞬息万变的天气开始变得阴沉沉,急得我们一杯茶未喝完,就往前赶路。

右侧的高黎贡山巍峨、逶迤,淡淡的云,袅袅的山岚犹如神秘的面纱。彩云之南的春天已来到,北国还是冰封的时节。这里的油菜花已铺天盖地,金黄

河谷中的六方形柱状节理火山熔岩

灿烂,麦苗油绿,茶花火红、蚕豆花儿如蝴蝶飞舞,映得田畴、村庄如画。

进营地大塘的路,实际上是在两山之间的大峡谷中。距离缅甸边界很近。我在寻找着当年的记忆,但多是似是而非的景象,房舍、村镇似是多了。

当年那处温泉哪里去了?因为它是泉华形成的蘑菇状,赭红的色彩赋予了艺术品的品格。正在彷徨时,车刚从一小镇穿过,就看到似曾相识的山坡下的一片树林……

真的是河头大塘保护站,是16年前我们进山的营地。

大塘保护站原来的木楼已拆,新建了二层楼房。门前的秃杉已挺拔粗壮。院内橱窗中展示了白眉长臂猿、灰叶猴、红腹角雉、大树杜鹃……栖息在保护区中的珍稀动植物的照片。然而,在院子中却没找到那棵结满青梅的树,但想起小郑他们在树下将青梅蘸着盐巴、辣椒粉津津有味地吃着的情景，口腔里已溢满了口水。

傍晚，巡山的护林员们陆续回来了，带来了当天的大树杜鹃王以及山野中的各种消息。但都是年轻的面孔。当年与我们一同进山的小谷已调到另一保护站当站长了。

保护站与野外考察营地有相似的特点，傍晚总是最热闹的时候。身材修长、为人精明的小孙说，大树杜鹃王今年的花开得格外繁盛，随即就将手机上拍的照片点出，引得小强他们围拢争看。

只有我和李老师仍然坐在那里。我明白她的心思：再好的照片也比不上在山野中怒放的鲜花。然而，倒是了解了不少的情况：

每天进山瞻仰大树杜鹃王的游人有十多组。为了保护生态，保护站在进山口对游客进行编组，讲解注意事项，再由一名护林员领队。

对大树杜鹃王及其周边的大树杜鹃的保护、监测已有专人负责。

对大树杜鹃的邻居，国家一级保护动物白眉长臂猿和灰叶猴的保护、监测也有专人负责。

护林员其实就是巡护员，每天都要走几十千米的山路，无论是烈日当空或是滂沱大雨。你只要看看小孙、小刘、小张、小杨他们黝黑的面孔，就能体会到风霜的熏染，工作的辛苦。可他们个个都是乐呵呵的自称是守护大森林的"山神"。我对他们总是满怀崇敬，也成了好朋友，因为我们的心灵是相通的，都在做着同样的工作。现在，我就很感谢他们的介绍，免去了之后的很多麻烦。

明天就要进山了，一切准备工作都已就绪。然而，我仍然顾虑着李老师的腰伤，2014年从贵州百里杜鹃回来后，她在床上躺了三个多月。于是我再次向郑云峰提出，能否租一匹马，待她实在走不动时就骑上，有备无患。

他说租不到马，再是这样的山路马也走不了。骑马更危险，摔下来怎么办?这更增加了我的顾虑。小郑郑重地说:"我已请人专门保护她,你就放心吧!"

我一再请李老师考虑留在山下。她却豪气冲天:

"忘了?那年爬梵净山,八千多个台阶,我比你还早到半小时。不信,明天比比看。"

最大的欣慰是天气晴好。不像那年4月10日的傍晚,一会儿刮风,一会儿涌云,一会儿下雨,闹得人心七上八下的。天助我也!

朝山3：孤独的白眉长臂猿

孤猿失败了，至今仍然孤孤单单。

今天是2月22日，我们进山重走16年前的探索之路，再去瞻仰大树杜鹃王。

7点早餐。西部的天空还未透亮，门前的温泉热气铺天。

7点30分出发。

8点20分从大峡谷口进山。这就是1981年冯国楣、杨增宏他们寻找大树杜鹃所走的路线。

山谷中河流的水气如云河浮荡，窄窄的天空湛蓝，弥漫着霞光。

开头，路在河崖，平缓。不像那年，开头就得爬山，翻越大垴子（深圆的山头）。这条路就在山垴子的下方，是绕着山垴子走。虽然我一再叮嘱别急着赶路，我们是来看风景的，不是过路客，但摄制组的小青年和李老师都走到前面了。为了这支小队伍的安全，我和小郑殿后。

没走多远，路就离开了河崖，我们开始爬坡，忽上忽下。以我的经验，并不如小郑所说的那样"好走"。今天肯定不轻松。

说是看风景，其实我们只顾着看路。所谓的路，是护林员们常年巡山时踩出来的。逢崖绕开，遇险闪过，青苔、碎石，每一步都有陷阱。每一步都需付出走平路的两三倍精力。

又一片杜鹃花海

　　正在山崖上艰难寻路,忽然听到峡谷中一直陪伴的大河有了异声,一变哗哗而成了激越。抬眼看去,浪在巨石上拍打,溅起高高的水花。

　　这块巨石从岸边伸到河心,有四五米高。我想,这肯定就是杨增宏教授所说的,那年碰到的巨崖。他们当时翻不过、绕不开,天又晚了,只好钻进睡袋,蜷缩在石隙中度过漫漫的长夜。

　　触景生情,想到我们今天的路要比当年他们走的路好多了。于是,来了勇

气与信心,步伐也快多了。

那年在山上,转过山脚是满树火红的马缨杜鹃花;再走几步,又是附生在大树上的石斛兰飘着馨香,飞鸟鸣唱相迎;陡坡虽然滑溜溜的,但却铺满了落花——世界上最豪华的迎宾大道;更别说满树银色的多花含笑……旅途虽然辛苦,但心中充满了喜悦,不会感到一丝寂寞。

然而,今天鸟儿们似乎都藏了起来,花儿也不见面,我们感到特别劳累。是因为季节、海拔的缘故,还是我们只顾专心寻路?或许眼下正是旱季,万物都在默默地等待生机勃勃的雨季到来。

总算绕过了大山垴,又转入了去大树杜鹃王的另一条小峡谷。从高山流来的山溪与大河相汇了。

在几棵倒木和碎石构成的桥上,我们寻找着当年的记忆。那年就是担心山洪暴发雨中抢渡,到达对岸只得站在树下吃干粮。小郑说,那桥还要往里一点。前面的路要好走一些。

我知道他在安慰我,或者那是他的标准,因为我已注意到这个小峡谷如蛇蜿蜒。再说,大峡谷的谷口海拔大约是八九百米,而大树杜鹃王在海拔 2300 米处。尚有绝对高差 1000 多米等待着攀爬。这个高度是很多摩天大楼的数倍。又有一群游客约 10 多人已从来路赶上,还有 9 到 10 岁的孩子。相询之下,才知他们是从广东来看大树杜鹃王的。想到大树杜鹃王已融入了人们的生活,不远千里万里来寻找心灵的风景,这与 16 年前相比,给了我力量。

涉桥渡河开了个头就一直延续下去了。我们一会儿从左岸到右岸,没走多远又从右岸再到左岸。如是五六次之后,我依稀认出了这座桥就是那年的,建桥者即是小谷。

我问小郑栖息在右边上方森林中的白眉长臂猿、灰叶猴现在的情况。它们都是一类保护动物。小郑说早已有护林员专职巡护。这里有3群10多只。灰叶猴的种群大。上次没看成,今天也看不了。没关系,赧亢、整顶那边多。

到达对岸,我发现了那棵润楠,依然立在岸边的高坡上,其特殊的浓密的树冠,特别有一枝如伞状,肯定就是16年前在它下面躲雨,站着吃干粮的。小郑也认出了,说:"今天没雨,可坐下歇歇了,也可说说你牵挂的长臂猿。"

那年小谷说,白眉长臂猿和灰叶猴就栖息在左上方的密林中,问小谷说见到它们没有,他说只听到过它的叫声。我虽然很想去拜访这些山野朋友,但雨季显然已经提前,我很牵挂它们。

小郑说:"它们生活的区域狭窄,成岛状分布,极度濒危。现存的种群主要生活在高黎贡山保山管理局的辖区。"

灵长类的长臂猿和猩猩是人类的近亲,在研究进化树方面有着重要意义。长臂猿是很独特的动物,生活在热带雨林中,是典型的树栖动物。为了适应在树上的生活,进化出强健、修长的前臂,在树间活动时,因为它已没有可以维持平衡的尾巴,只得开创了"臂荡法",犹如杂技演员,或体操选手。

我曾见过它们用双臂抓住树枝荡起身体,在林间飞挪腾越。从这棵树到那棵树,三四米的距离悠荡如飞。而它们两只后肢却很弱小,若艰难地站起,却成了罗圈腿。

全世界的长臂猿有17种。我国有6种:白眉长臂猿、西黑冠长臂猿、东黑冠长臂猿、海南长臂猿、北白颊长臂猿、白掌长臂猿。然而后两种在野外(主要栖息地在云南西双版纳)已多年没有见到。我曾拍到一张白颊长臂猿的照片,因为面部雪白的两颊,与黑叶猴的两颊存在着太多的相似,才一直保存。

当我第一次听说长臂猿的名字时,以为它的体型也应和肥硕庞大的黑猩猩有相似之处，但等到我看到它时，却是大跌眼镜，它小多了。

以高黎贡山的白眉长臂猿，身长只有 44~65 厘米。雌雄异色。雄猿毛色黑褐色、头顶扁平，但被毛较长向后披。雌猿毛色灰白或淡黄色。最具特征的是那两道雪白如银的粗眉，使它的神色凝重、神秘。雌猿的稍浅淡，使其有了特殊的风韵，是另一种美感。

我曾参加过对黄山短尾猴、黔金丝猴（又名灰金丝猴）、川金丝猴、滇金丝猴（又名黑白金丝猴）、黑叶猴、白头叶猴的考察，惊叹造物主为何在灵长类中，只把斑斓的七彩赋予金丝猴的面孔？无论哪种金丝猴的脸面都是赤、橙、黄、青、蓝、紫的六色，它们的颜面丰满多彩，充满玄机。猕猴的面孔并不具备特殊的审美，然而京剧中的孙大圣的脸谱却是七彩的。同属灵长类的人，面孔也只不过是单一的棕、白、黄、黑，但至今还有少数民族存留着"画脸"的传统——画图腾或只用彩笔在脸上涂寥寥数笔，那颜面顷刻有了神奇的表情——或喜怒或哀乐，更多的却是神秘……

白眉长臂猿

当我潜伏在贵州麻阳河峡谷中，偷窥到浑身乌黑油亮的黑叶猴生出的竟是金色的娃娃的那一刻，确确实实是目瞪口呆。进化的法则竟如此神奇。

"你这次想去看白眉长臂猿、灰叶猴?"小郑将我从思绪中拉回。

"能看到?"我说。

"当然。这边护林员已跟踪了两个家族。要领你去,还要先做准备工作。总要确定它们现在在哪个区域吧。漫山野岭地跑,说不好就闯到缅甸去了。"小郑对我闪着探询的目光。

"2002年来时,我们就想去拜访它们,可在这里,在赧亢……你们都说只听到它们的呼叫,却没见到它们的真身,你们是怎么验明正身的?"

小郑很兴奋,充满了自豪,说人称绵延数百千米的雄伟的高黎贡山是"两面书架"——众多的少数民族,丰富多彩的文化;丰富的生物多样性,仅保山管理局管护区内的灵长类动物就有白眉长臂猿、蜂猴、灰叶猴、红面猴、豚猴、短尾猴、猕猴。在怒江州那边,还有近年发现的黑金丝猴。

要在山高林密、沟壑纵横、峡谷深切的怒江大峡谷,找到白眉长臂猿,无异于大海捞针。

可是为什么又听到它的呼喊呢? 长臂猿有每天早晨呼喊的习性,声音洪亮高亢,且速度不断加快,回荡在天宇。穿透力可达几千米,等到你跑到那里,却早已不见踪影。即使近在咫尺,那高大浓密的树冠也成了它们最隐蔽的庇护所。科学是要事实证明的,只闻其声当然不足为据……

1983年,我曾在海南岛霸王岭热带雨林参加对黑冠长臂猿考察。那天,东方透亮时我们就开始登山,当我听到"啊哦——啊哦——"的洪亮声音从林冠中传来时,神情一震,心灵有了呼应。在它高亢的呼唤中,一轮又红又大的旭日从蔚蓝的大海冉冉升起。森林苏醒了,百鸟争鸣,林间响起了黄麂、毛冠鹿、野雉走动的窸窣声——赞美着新的一天的到来,赞美着森林家园。这是森林的"晨歌"。1998年,当我在西双版纳的雨林中听到这首"晨歌"时,似是听到了老朋友的欢迎词。

营群性的动物是依靠群体的力量保护自己、御敌,而活动的范围又大,必然要进化出一套相互联络的方式。在森林中,声音是最易发生和接收,长臂猿的"晨歌",应是对群体的问候,似"早安"之类,因为经过了危机四伏的黑夜,是否安好很重要。当然,动物的鸣叫声也有宣示领地、寻觅伴侣的作用。最难耐的是失群声,一群被强敌冲散的零散成员,或在转移、迁徙中落单的个体,傍晚时,那种呼唤声充满了幽怨、凄凉、焦急,最能拨动人的心弦。但鸣声也常常暴露了身份,易遭到不测。

小郑说:"寻觅,再寻觅,皇天不负有心人。保护区的李家鸿是位有心人,他从1996年听了白眉长臂猿的故事,就爱上这个森林中的精灵,寻觅近10年,直到2005年的一天,他先是听到了白眉长臂猿的晨歌,发现与它的距离并不太远。但林中的路太难走。

"刚发现白眉长臂猿的踪迹,它就向一陡壁转移,相对高差总在100多米。李家鸿使出浑身解数才爬到照相机能够到的距离,喘着粗气按下快门。终于拍到它的照片,影像上的是只淡金色的雌猿。

"这是值得庆祝的节日。是人与自然和谐之花盛开的日子。从此,它们得到了人类更好的呵护。当然,谁也没想到后来白眉长臂猿竟被灵长类动物学家定为新的亚种。

"跟踪发现,那里生活着5只白眉长臂猿。它们是以家族营群的,这个家族由一只雄猿(护林员为它取名"背头")、一只雌猿(护林员为它取名"阿珍"),它们的孩子('丁丁''米粒')组成,以及有一只雌性的孤猿。

"孤猿已有20岁了。不知什么原因使它丧失了伴侣和家庭。对营群性动物说来,最大的惩罚莫过于被逐出群体,失去了群体生活和群体的保护,只能孤单地流浪。作为本能,它必须寻找到伴侣。然而,现实是残酷的,年复一年,在它所能达到的区域并没找到。当年的繁盛已不复存在,现在只剩岛状分布,隔断了生殖流。

"它打起了邻居雄猿'背头'的主意,刻意地梳理毛衣、修饰,每天跃到

'背头'的面前鸣唱,百媚丛生,载歌载舞。'阿珍'很大度、淡定。然而'背头'却勃然大怒,凶狠跃起追赶,对赖着、躲闪不走的它,竟然撕咬。一改长臂猿的温顺。原来,白眉长臂猿奉行着一夫一妻制,从不三心二意。

"孤猿失败了,至今仍然孤孤单单。'背头'恪守"一夫一妻"制,那也是它们的一种文明吧!

灰叶猴,国家一级保护动物

"一位志愿守护者曾写下这样一段文字:

"'每次看到孤雌之后,我们都会难过好几天……她已经20多岁了,没有亲人,没有孩子……上次见到她的时候,她已经老多了,脸上堆满了皱纹,白眉更加花白,满脸忧愁,目光呆滞,连声音都没那样洪亮了。记得10年前我们第一次看到她的时候,她是那样可爱,那样青春。每天早晨,她总是起得很早,理理毛,练练嗓,打扮一番,这是因为她有很重要的使命要去完成……'

"不幸中的万幸,由于保护区卓有成效的工作,已有众多的志愿者投入到了保护白眉长臂猿的工作中。保护区和动物学家也都正在研讨着如何恢复生殖流,改变岛状分部,壮大种群。

"其实长臂猿在动物界的智商是较高的,无论是海南岛或高黎贡山的。它们主要的食物是树叶和野果,对领地各种野果的成熟期很清楚。一旦成熟就来了,巡回轮转,省吃俭用。不像猕猴,见到野果不问青红皂白,掳来再说,吃的不如糟蹋的多,'猴子掰苞米'的故事就是写照。"

母爱是伟大的。动物的母爱也很感人。小郑的忧伤,使我想起一位黑叶猴妈妈的故事。

1999年,我们在麻阳河峡谷。黑叶猴也是以一只壮年雄猴,两三只雌猴和它们的孩子以家族式生活,小家族五六只,大家族八九只。在峡谷中不仅攀爬艰难,更麻烦的是一有风吹草动,猴王总是闪电般地蹿到树冠,凌空监视入侵者的一切行为,我们根本无法观察到家族的生活。

极度烦恼之后,大伙想尽了一切阴谋诡计,才使我潜进了森林。那是一个有9只黑叶猴的大家族。当我看到它们有的在采食,有的在嬉戏,还有一只正在妈妈怀里喝奶——全身金黄泛红的娃娃时,真是惊喜。它的妈妈却一刻也不停止采食,当它伸手去够另一枝嫩叶时,却怎么也够不到。这时,早已偎在她身边的另一只雌猴愉快地立即从它怀中把金娃娃抱过来,让它妈妈采来嫩叶,大快朵颐。

它欣喜若狂地对娃娃又是亲又是拍,又是为它搔痒,情浓时还将娃娃举起炫耀……温情使我感动。待到它妈妈吃得尽兴之后回来,伸手,这只雌猴只好让它抱走了娃娃;显然很不情愿,十分地留恋……

我很奇怪。巡林员小吴说:"那是只母猴,见到所有的幼猴,都想抱一抱,亲一亲,为了达到目的,对孩子的妈妈总是极尽奉承的能事。"

我问:"它没有孩子?还是外来户?"

小吴说:"它已失去了生育能力。在一次事故中受的伤。"

正在这时,护林员小张领着一队10多人的游客走来了。他也是专职巡护

高黎贡山舞动的精灵——白眉长臂猿

"孤独"的白眉长臂猿

这边两群白眉长臂猿的,说:"我刚从观察点回来接这组人。这两群比较稳定,去年还生了个小宝宝。从发现它怀孕,不管刮风下雨,一天也不敢松懈。这不,生下了宝宝,更是要关照它的成长……我要领客人了,晚上你看我们的巡视日志吧!"

是的,我们傍晚从山上回来后,就看到了巡护日志。现简要摘录:

2018年2月22日晴

7点15分出发(从保护站)。

7点35分,听到鸣唱,合唱。

7点45分天亮,长臂猿在过夜的大树上(坐标)。

7点56分,离开过夜的大树,开始活动。

7点57分,B1排小便后,跟随妈妈。

9点03分,B2开始采食山海棠叶。

9点28分,全家采食大血藤叶。

……

在并不长的2个多小时中,对这个B家族的行为竟有50多项记录。

从2017年5月10日至14日的5天监测中,发现这对伴侣的雌猿肚子大了,不久将要生下宝宝,估计也就是现在的重点巡护对象,才将醒来小便、采食都做了记录。对它们的"晨歌",在前面记得很清楚,它们似乎也有生物钟,随着季节,日出时间的变化而浮动,有独唱,也有合唱。

记录得虽然简单,但行内人读时却很有趣,看到了猿群的各种生活状况。对我们说来,从中能体会到巡护员们的责任、辛苦、汗水和付出。

朝山 4：一花一世界

我要将壮美的大树杜鹃赠给每个人，供他们种植在心灵的家园——四季常青，鲜花怒放，鸟语花香。

我们刚从林间小道上到坡头，发现台地上古木参天，胸径多在两米；龟背竹、过山龙，这些藤蔓植物在大树上左缠右绕；山花怒放；金色的阳光从墨绿的树冠洒下，五彩的光环闪烁，满世界辉煌，洋溢着森林之美！

路两旁的树上，都挂有名牌，写着它们的身份：南亚含笑、清香木姜子、短尾鹅耳枥、润楠……

小郑问，你在看什么？

"西南桦！你看，16年之后还屹立在这里，阳面树皮灰色横纹，像是刻纹记事，阴面却披着厚厚的苔藓，像是蕴藏满腹的经纶。"

小郑也乐了，说："真的，就是那棵，更粗更壮了！真是占尽了人间春色！"

我问："不再有人进来偷砍西楠桦、五角枫了？"它们的树纹美丽，是高档木制家具的上等贴面材料。那年经过这里，还看到多处被偷伐的树桩。

小郑说："没发现。保护工作已很严密。"

小黄对讲机中传来了询问我们行踪的声音。听到小黄回答："快到第一棵大树杜鹃王了。"

我立即紧走几步，拨开枝叶，向山上探望。真的，在离我们100多米处，绿海中闪现出花朵辉映的红晕。

不断有游人从身边越过,有陕西、江苏、北京来的。我看到一位父亲将他的女儿架在脖子上,钦羡得竖起了大拇指。那位父亲幸福得容光焕发:

"让她看看祖国的美丽。让她亲近亲近自然,才会热爱自然,保护自然!"

小女孩大约只有四五岁,脸红得像苹果,喊着:

"我要下来!我走得动。爸爸,放我下来!"

前方出现了蓝色木板房。我加快了脚步,险些从独木桥上掉到溪水里。我在腾冲时,一见老黄我就问当年我们宿营地帐篷边的含笑树、作为避雨走廊的大树瘤是否还在?那个树瘤大得将大树坠倒,立在地下有一米多高。大树的胸径最少在一米。他说:都还在,在监测用的蓝色小板房后。

可我和小郑找了半天,也未找到记忆中的含笑、大树瘤。考察了地形,地貌后,我以为已过了当年的宿营地。

刚听到欢声笑语和无人机飞翔的蜂音,转过几棵树,就差点和我们的人撞了个满怀。森林就是这样神奇!

更让我惊异的是大树杜鹃王就矗立在面前!

啊!一树繁花,红艳艳——胭脂太阳,壮丽中洋溢着柔美,层林尽染,映红了山岭,映红了蓝天——犹如水灵灵般的朝霞!

我终于看到了你最靓丽的风采!16个春秋的思念,16个春秋的向往,5840天的期待!

"您好!'80后'的顽童来看你绽放的鲜花了!"——我差点把这句话大声喊出来。

真是离别后思念的话语如大河流淌,相见却无语,只有内心思绪在翻涌……

大约是看我在大树杜鹃王前伫立得太久,李老师拉了拉我:

"坐下休息一会。"

大树杜鹃王——盛花时节

我从思绪中醒来：

当年那块黑虎卧踞的大石呢？那个弯曲的谷口呢？

山谷中已挤满了郁郁葱葱的树木！再也找不到那块不算太小的平地了！生命永远会给我们惊喜。

李老师提醒：

"现在已是12点26分，足足走了4个多小时的山路。请大家吃干粮吧！"

大家都围拢来了，李老师和小郑打开了带的干粮。

我只吃了三块饼干、一小块牛肉，就往大树杜鹃王走去。

我想去抚摸她的树干，听听她的絮语。可是被围栏阻隔。

我想看清它的容颜，可是林中的光线都被树冠占去，且浮荡着早春的山岚。

还有附生在它树干上的兰花呢？那年杨增宏教授嘱咐我探望的。

在下面只看到她的雄伟，无法看清细节，只得上岭。

可岭头现在怎么变得又高又陡？那年我可是轻松几步就上去了……现在只得手脚并用往上爬了。

小郑连忙跑来又拉又拽。

到了岭上还在喘着粗气。

是的，大树杜鹃王的腰身更向山谷倾去——为了争得阳光，尤显倔强。身旁的一枝已在两年前被大雪压断。树干上的色彩似乎不再油亮，是树荫太浓？

我很庆幸那年留下了她的风采，那几张她英气勃勃的照片值得珍藏。

然而，那树冠枝头的花却异常艳丽，如一顶皇冠，映得绿海辉煌、灿烂。

附生在树干上的兰花

16年前我来时，曾听人说：在它盛花的年月，一树竟绽放三四万朵鲜花！可以想见，那是何等壮丽的鲜花海洋！

那棵附生在她枝干上的兰花哪里去了？是被身后的大树杜鹃王遮掩了？那年这株大树杜鹃还立在岭上，现在也繁花似锦。为了争夺宝贵的阳光也斜向了山谷的上空……

"转过头来，向前——走！"李老师下达了指令。

我转过头去，迎接我的是李老师得意中略带顽皮的笑脸。在她身后——啊！是满山满谷红艳的花朵扑面拥抱，抱得我喘不过气——满天灿烂、霞光迸

177

射、炫目！如一群少女踏歌，嬉笑。

大树杜鹃的花朵！

白的、花的、黄的、紫的小鸟在花海中翻飞，快乐地鸣唱着。啊！这是大树杜鹃王为酬劳鸟儿们传花授粉举办的节日盛宴。

鸟语花香！

生命的智慧！

大自然的和谐之美！

看着看着，脑海里却突然浮出了火山爆发的幻象。是因为这个山谷太像火山口了？虽然喷出的不是赤红的岩浆，但那红艳的花朵却是生命力量的喷薄。

是的，千真万确，当年的幼树已蔚然成林，能够看清的这个群落最少屹立着六棵大树杜鹃，隐在密林中的幼树还不知有多少。它们都是大树杜鹃王的

大树杜鹃王——盛花时节

子孙！刚才，在岭下又看到两棵幼树。

"沉舟侧畔千帆过,病树前头万木春"的诗句突然浮出。这就是大自然生生不息、永葆青春的神奇！

"为了实现冯国楣教授的遗愿,将大树杜鹃奉献给世界人民。在赧亢那边,2015年,云南省林科院建立了大树杜鹃繁育基地。种子出芽率已达90%以上。它的种子很小,芝麻大。三年时间幼苗已长到10多厘米高。"小郑善解人意,适时地报告了这一喜讯。

是的,在岭上看它身前崛起的大树杜鹃,似乎伸手可掬,馨香扑面。

大树杜鹃的花,花大如盘,花盘特大,直径有20多厘米。数数大花盘中的小花,竟有29朵。细看,小花似酒杯,个个都盛满了琼浆玉液。各有神韵。组成大花盘之后又有了另一种风采,个体美的集合,和谐之美洋溢！

花色也是变幻的——

那紫红的是含苞初放。

水红的正在旺盛生长。

粉红的是花座上已孕育了幼果。

蒴果成熟,已是长圆柱形,犹如缩小版的蒲烛。她的花朵似乎有着春、夏、秋、冬四时。能否称之为花的四季——凝结着生命的智慧？

花是母树最靓丽的容颜,是她青春勃发的美艳！

为什么人们不惜以一切美好的词汇来赞美花朵,以献花表示敬意、友谊和爱情？

花是美的典型,集灵气、神韵、美好于一身。美即是花,花即是美。

一朵花就是一首诗。有人说:没有花就没有诗。花的本质追求是创新。

中华民族对花充满了热爱和无限的尊崇——华夏是花的部族,中华是大地中央的鲜花。以花为美,以花为荣,以花为傲！每当我们在说到自己是中华儿女时,无限自豪总是油然而生,感恩祖先为我们祝福,肩负祖先厚重的期

大树杜鹃花的四季——紫艳艳的春　　　　大树杜鹃花的四季——粉红的夏

望。字典上说,"华"的本义指"花"。从字形看,"花"和"华"都有花朵下垂的象形。华语传承着民族的无穷智慧,博大精深的文化,暗含对自然的崇敬。

汉语词汇中关于花的描写不下百条,如:百花齐放、心花怒放、花团锦簇、笔下生花、花容月貌、锦上添花、花好月圆、繁花似锦、春华秋实……

植物学家说:花是植物创造新生命的神器。

哲人说:一花一世界。

考古生物学家说:有花植物的出现是划时代的创新大事,从此植物世界才得以如此繁荣、昌盛。

我曾在辽宁朝阳的化石中,看到了世界上的第一朵花。它的发现将有花植物出现的历史向前推进了1500万年,惊动了世界!因而他们有理由自豪地说:世界上的第一朵花是在中国辽宁朝阳开放的……

就在瞻仰身前身后,前岭后谷的大树杜鹃和她的子子孙孙中,我渐渐悟出了40多年来的情愫:期待和向往……

完美的大树杜鹃王——有花有叶的大树杜鹃王——生命的壮美!

大树杜鹃王的传奇已深深地植在我的心中。

森林是养育人类的摇篮,也是人类精神家园的具象。人们将树木作为图腾或尊崇为神。在很多民族流传的创世纪之说中都有彰显。"盘古开天地"是我国家喻户晓的传说——

大树杜鹃花的四季——花座已孕幼果的秋　　大树杜鹃花的四季——长圆柱形的种子已经成熟

相传无天无地之时,混混沌沌,宇宙犹如一个大鸡蛋。其中有位大神,名叫盘古。他在蛋中沉睡了一万八千年之后,醒了。

就在他醒来的刹那间,开辟了天地:清浊两气分离,阳清之气蒸腾、升华为天,阴浊之气沉落为地。

盘古日高一丈,天随之日高一丈,地随之日厚一丈。又经历了一万八千年,随着盘古增长,天地之间已相距九万里。

最奇妙的是:盘古死后,他的气化为风、化为云,声音化为雷霆,左眼化为太阳,右眼化为月亮,四肢化为四极,筋脉化为道路,血液化成江河,肌肉化为田地,发丝化为草木,齿骨化为金石,精髓化为珠子,汗流化为雨雾,身上的各种小虫被风轻轻一吹就变成了人类。

草木也是盘古的一部分。

这个美丽的神化故事,将人与自然、天地万物统统融于盘古一身。宣示着人与自然原来是血肉相连的整体,所有的生命都来源于一个命运共同体。

中华民族的创世纪,用最具丰富想象力的故事,生动地讲述着生命、宇宙的起源,回答着千古以来的命题,形成凝聚民族的力量、铸造了民族的精神,以朴素且又无比深刻的哲理、智慧在世界独树一帜。人类文明史的第一页,或许就是人与森林共同写出的。

森林文化在中华文化中源远流长,辉煌灿烂。古籍《山海经》中记载了很多神木，其中的"建木"，即是天地人神沟通的桥梁。始祖伏羲、黄帝都是通过"建木"神梯往来于天地之间，进行人神交流。

中国第一部诗歌总集《诗经》中，讴歌着"桃之夭夭，灼灼其华""投我以木瓜，报之以琼琚，匪报也，永以为好也"……众多的树木。在总共305首诗歌中，写到的草木竟有132种之多。难怪有人说:没有花就没有诗歌。

名木是宇宙铸造的艺术。凡是名木，总是蕴含独特的文化，丰富的审美价值，洋溢着经典的人文精神。如列入世界自然文化遗产的黄山迎客松，经历第四纪冰川后在世界其他地方已经灭绝，却被中国植物学家发现依然屹立在中国的广西花坪的银杉王、湖北恩施的水杉王，象征着和平、友谊的湖南桑植的鸽子树——珙桐王……

古树用年轮记载着厚重的历史、民族的兴衰、自然的演变，人文精神的张扬，且赋予历史具象。我国现存的古树甚多，在乡村、古道、祠堂、庙宇中都有它们的身影。如陕西黄陵县黄帝庙中"轩辕黄帝柏"，湖南远宁县舜陵的"舜帝圆柏"，纪念民众大迁徙的山西"洪洞大槐树"……

画家说，没有名木古树，就没有在世界独树一帜的中国山水画。

杜鹃是木本花卉之王，大树杜鹃王是王中王。

全世界的名木，许多生活在中国。

大树杜鹃王又是600多岁的寿星。因而她具有名木和古树的双重品格和丰富的文化内涵。

古树是人类现在能看到的、唯一的、生于千百年之前至今依然鲜活的生命!

名木古树是大自然和历史留给人类的财富!据多年前的资料，我国有古树近300万株，名木6000多株。当然，这个数字远远小于实际。如我所知道的西藏林芝的喜马拉雅巨柏群，肯定没有计入，更别说大树杜鹃王了。

我和冯老有相同的梦想——将红花绿叶的大树杜鹃王移植到山外,让世人都能瞻仰它的壮美。我要将壮美的大树杜鹃赠给每个人,供他们种植在心灵的家园——四季常青,鲜花绽放,鸟语花香!

但是,我真的悟清了大树杜鹃王,以及30多年对大树杜鹃王的思念、期待、向往的内涵了吗?

我又想起16年前李老师的那句箴言:

"你太追求完美了!有时太完美的事会失去魅力,留一点想头不是更好?它让你时时想到大树杜鹃,想到还要来看它鲜花怒放的景象……"

是的,红花绿叶的大树杜鹃王已永驻我的心间,鲜花四季艳丽,容我不时体味。

"已是下午两点多了,小青年们已下山了。"李老师又来提醒我。

无人区的夜晚可不好玩,她的提醒使我想起了当年深夜遭遇黑熊的事。

我和小郑、护林员小刘依然殿后。俗话说"上山容易,下山难"。走着走着就感到总是在重复走一条无尽的路——从水溪的左岸渡到右岸,只那么三四十米吧,再从右岸渡到左岸。只是过溪的陋桥有些变化,忽而为倒木横架,忽而为乱石铺就的踏脚石,忽上忽下。不知怎么的,突然想起了"忐忑",感到汉语词汇的经典、奥妙!

李老师在我前面三四十米处,一手拄着拐杖,一手扶着小黄,走得辛苦、艰难。她也是"80后",真是难为她了。但她时而闪现的鲜明的红外衫使我心情稍定。

大山垴已遮去了太阳,森林中也就时而明亮,时而阴暗。途中休息的次数不断增加。

走着走着,我发现不太对劲——找不到腿,找不到脚了。

开头,以为是幻觉,揪了揪耳垂,很疼。

小郑说:

大树杜鹃花(艾怀森 摄)

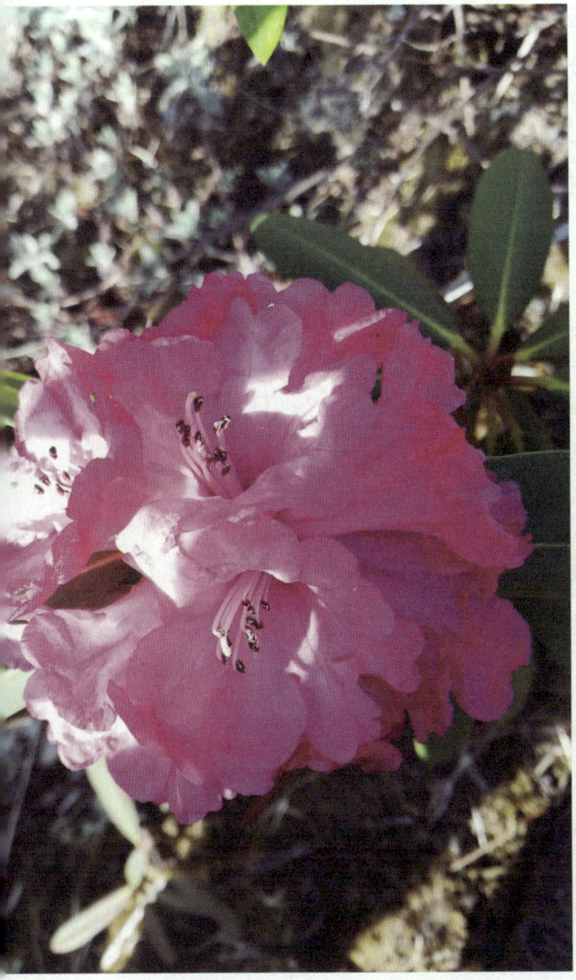
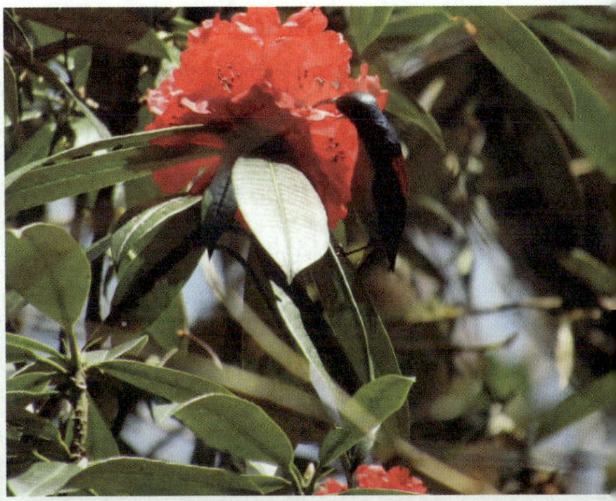
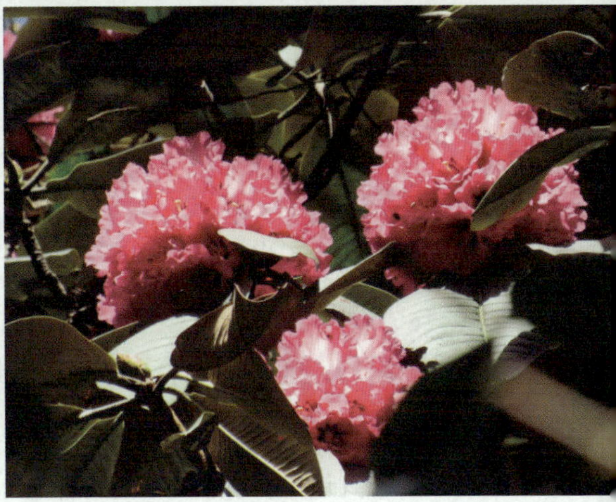

"休息休息吧。"

小郑的话,莫名其妙地使我心中浮起许多年前,我12岁时每天挑水的情景——父母早逝,12岁的我就外出找饭碗,到三河镇的一家小染坊订了三年生死文书当学徒。任务之一是早上要把大水缸挑满。一看那大水桶,我就傻了——我不比它高多少。别看我现在一米八二的大个子,儿时,我是出名的个矮,因而母亲总是要我去抱门前的大椿树,于是我就一边抱着椿树,一边唱着她教的"椿树老子槐树娘,你长粗来我长长,你长粗来做料桩,我长长来穿衣裳"(这大概也是启蒙教育)。

我只好将桶绳尽量系短。去河边的路线必经一条窄窄的巷子,又深又长,两旁像是潜伏着各种妖魔。每天从河边挑水回来,进到巷中,总感到水桶特别重。不能歇,歇下就挡了别人的路。扁担又不能换肩,巷子窄得没扁担长。若是碰到雨雪天,青石板更是滑溜溜。喘着粗气,大汗淋漓,我不敢歇,也不能歇,总感到那巷子无尽、幽深。只有咬着牙,一步步向前挨。感到肩膀快被压断时,就对自个儿说:"只有一步步走。走一步,少一步。"巷子似乎短了点。可没一会,却更感巷子悠长,但再长也得一步步走啊!天下哪有走不到头的巷子?

当终于走出巷口,不知哪来的一股劲,居然片刻不停,一口气将水挑到作坊。看着挑满水的缸,我笑了……

是的,这许多年来无论是在山野中的艰难跋涉,或在世事的困境中,12岁时挑水穿窄巷的情景都会适时再现,给我力量和勇气。

想到这里,我说:"不能再休息了,休息一百次,路也不会缩短。该走的路还是要走完。问题不是走不走,而是一定要走到!"

小郑大概是看到了我的蹒跚,看到我上坡三步却滑下了两步,连忙过来拉着我的手臂。我俩就像在做把腿拴在一起赛跑的游戏——如此,我才似乎找到了腿,找到了脚……

就这样不断循着"之"字形绕行，犹如走在盘山道中，但渐渐看出了其中的玄机；不再埋怨修路人太懒太笨——为何不取直线——因为拓路人一直小心翼翼地选线，是为了保护原始森林中的生态！是的，你看不到随意取土、砍树的情况出现——哪怕是一棵小灌木也要绕开。连粗大的倒木横卧也不搬移！

怀着对保护者的崇敬、赞美，我又平添了力量、信心！

下午6点40分，我们终于走到了早上的出发地。

李老师向我迎了几步，只是傻笑："没想到，我们真的走回来了。来回10千米，整整走了10个小时。'80后'又怎样？"她没有揶揄我的落后，反而是夸奖。

晚餐已端到桌上了。小伙子们狼吞虎咽，可李老师一口不吃。我动员了半天，她才象征性地拨了一些饭粒到碗里，泡上汤喝了。但她一直笑着说话，很兴奋，很满足！

那一晚，两位"80后"的顽童像婴儿一般睡得很香、很甜。

是的，红花绿叶的大杜鹃王已植入我们的心间，构建在我们的心灵家园！

24日，和摄制组的小强他们分手后，我们和小郑又驱车去高黎贡山的赧亢和整顶保护站，探访大树杜鹃的育苗基地、白眉长臂猿和灰叶猴的栖息地。当然，更想见到2002年一同登山的小谷。

2018年3月4日初稿

窗外响起第一起春雷

春雨淅淅沥沥

2018年3月26日改定

附录

刘先平四十多年大自然考察、探险主要经历

1974—1980年

- 参加野生动物科学考察队和筹备建立自然保护区的考察，主要区域在皖南的黄山和皖西的大别山。
- 1980年以前，这里一直是刘先平的生活基地，至今每年至少会去考察两三次。美丽奇绝的自然风光、深厚的人文底蕴，曾吸引了诗仙李白等长期在此漫游。目睹了生态的恶化、珍稀动物的灭绝、人与自然的矛盾，他于1978年重新拿起笔来呼唤生态道德，孕育了描写在野生动物世界探险的长篇小说《云海探奇》《呦呦鹿鸣》《千鸟谷追踪》及散文集《山野寻趣》等。1978年完成、1980年出版的《云海探奇》，被认为是中国大自然文学的开篇之作、标志性作品。
- 那时的野外考察异常艰难，在山里行走，只能凭着"量天尺"——双脚。根本没有野营装备，只能搭山棚宿营。使用的还是定量的粮票、布票……

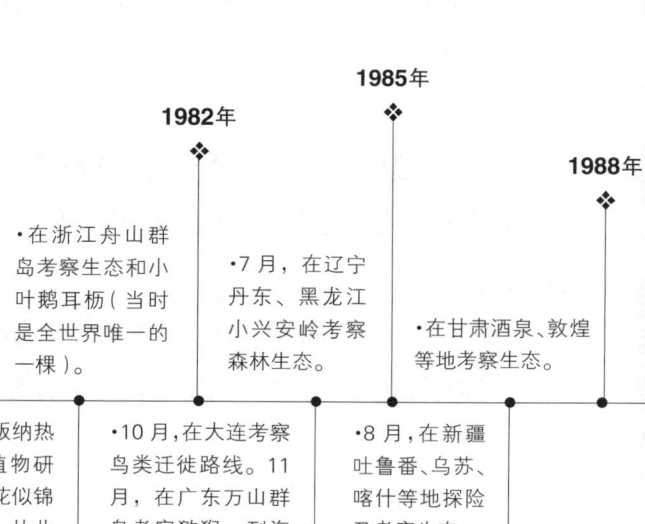

1981年

- 4月，考察云南西双版纳热带雨林及访问昆明植物研究所。为热带雨林繁花似锦的生物多样性所震撼，从此走向更为广阔的自然，将认识大自然作为第一要务。5月，到四川平武、黄龙、九寨沟、红原、卧龙等地探险，参加对大熊猫的考察。之后，前后历时六年，参加保护大熊猫、金丝猴的考察。著有长篇小说《大熊猫传奇》、考察手记《在大熊猫故乡探险》《五彩猴树》等。

1982年

- 在浙江舟山群岛考察生态和小叶鹅耳枥（当时是全世界唯一的一棵）。

1983年

- 10月，在大连考察鸟类迁徙路线。11月，在广东万山群岛考察猕猴，到海南岛考察热带雨林、长臂猿、坡鹿、珊瑚。

1985年

- 7月，在辽宁丹东、黑龙江小兴安岭考察森林生态。

1986年

- 8月，在新疆吐鲁番、乌苏、喀什等地探险及考察生态。

1988年

- 在甘肃酒泉、敦煌等地考察生态。

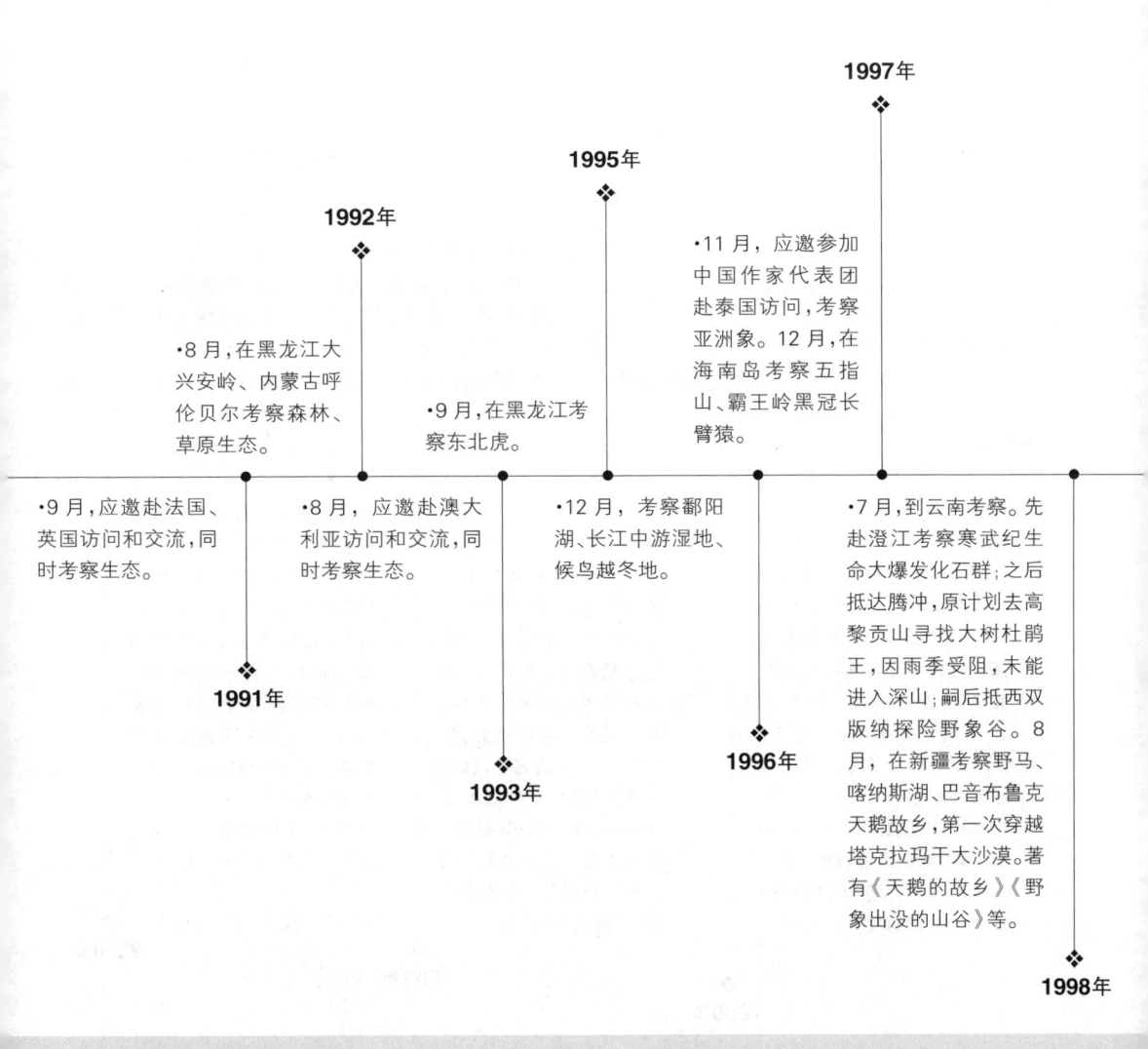

1991年
- 9月，应邀赴法国、英国访问和交流，同时考察生态。

1992年
- 8月，在黑龙江大兴安岭、内蒙古呼伦贝尔考察森林、草原生态。

1993年
- 8月，应邀赴澳大利亚访问和交流，同时考察生态。

- 9月，在黑龙江考察东北虎。

1995年

- 12月，考察鄱阳湖、长江中游湿地、候鸟越冬地。

1996年

1997年
- 11月，应邀参加中国作家代表团赴泰国访问，考察亚洲象。12月，在海南岛考察五指山、霸王岭黑冠长臂猿。

- 7月，到云南考察。先赴澄江考察寒武纪生命大爆发化石群；之后抵达腾冲，原计划去高黎贡山寻找大树杜鹃王，因雨季受阻，未能进入深山；嗣后抵西双版纳探险野象谷。8月，在新疆考察野马、喀纳斯湖、巴音布鲁克天鹅故乡，第一次穿越塔克拉玛干大沙漠。著有《天鹅的故乡》《野象出没的山谷》等。

1998年

189

1999年

- 4月，在福建考察武夷山等地的自然保护区及动物模式标本产地、小鸟天堂，寻找华南虎虎踪。7月，应邀赴加拿大、美国访问和交流，考察两国国家公园。8月，一上青藏高原，主要考察青海湖。9月，在贵州探险，考察麻阳河黑叶猴、梵净山黔金丝猴。著有《黑叶猴王国探险记》《金丝猴的特种部队》。

2001年

- 8月，应邀赴南非访问和交流，考察野生动植物。

2003年

- 4月，在四川北川、青川考察川金丝猴、大熊猫、羚牛。8月，应邀访问英国、挪威、丹麦、瑞典，由挪威进入北极圈。著有《谁在跟踪》。

2005年

- 7月，横穿中国，由北线走进帕米尔高原，寻找雪豹、大角羊、野骆驼。路线是：甘肃河西走廊→罗布泊边缘→从北线再次穿越柴达木盆地到花土沟油田→回敦煌（原计划进入阿尔金山国家级自然保护区，未成行）→库尔勒→第三次穿越塔克拉玛干大沙漠→托木尔峰→伽师→帕米尔高原→红其拉甫。10月，在重庆金佛山寻找黑叶猴，到沿河土家族自治县再探黑叶猴。著有《走进帕米尔高原——穿越柴达木盆地》等。

2000年

- 1月，考察深圳仙湖植物园。5月，考察江苏大丰麋鹿国家级自然保护区。7月，二上青藏高原。探险黄河源、长江源、澜沧江源。由青海囊谦澜沧江源头和大峡谷至西藏类乌齐、昌都、八宿（怒江上游），再至云南德钦、丽江、泸沽湖。沿三江并流地区寻找滇金丝猴。10月，在广西考察白头叶猴。11月，至海南，再次考察大田坡鹿、红树林生态变化。著有《掩护行动——坡鹿的故事》。

2002年

- 3月，考察砀山。4月，在高黎贡山寻找大树杜鹃王，终于得偿心系二十一年的夙愿。一探怒江大峡谷，但因大雪封山，未能到达独龙江。6月，在湖北石首考察麋鹿。7月，再去江苏大丰考察麋鹿。8月，三上青藏高原，探险林芝巨柏群、雅鲁藏布江大峡谷、珠穆朗玛峰国家级自然保护区。著有《圆梦大树杜鹃王》《峡谷奇观》《麋鹿回归》等。

2004年

- 8月，横穿中国，由南线走进帕米尔高原，考察山之源生态、风土人情。路线及主要考察对象为：青海柴达木盆地、察尔汗盐湖→可可西里→雅丹地貌→花土沟油田→翻越阿尔金山到新疆若羌→第二次穿越塔克拉玛干大沙漠→帕米尔高原。10月，随中国作家代表团访问南非、毛里求斯、新加坡。著有《鸵鸟小骑士》等。

2006年

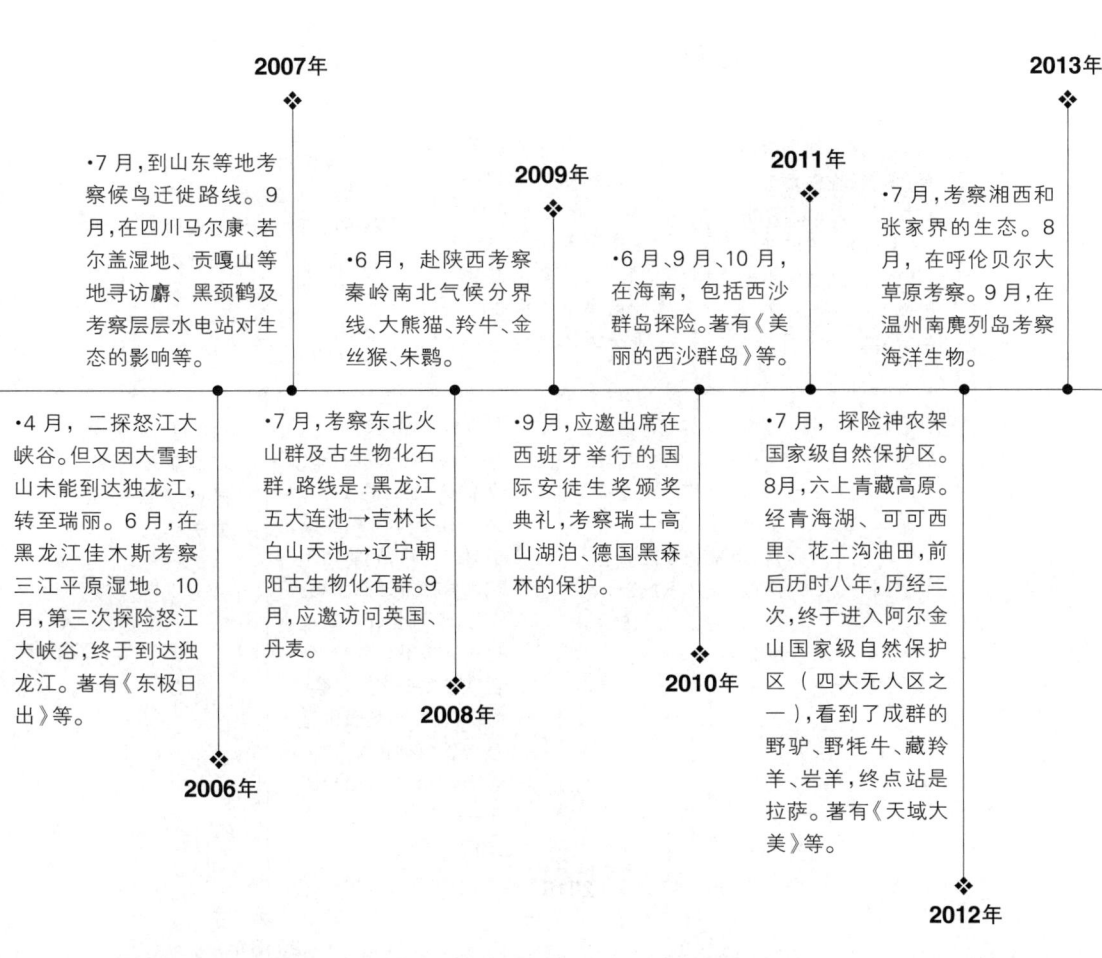

- 4月，二探怒江大峡谷。但又因大雪封山未能到达独龙江，转至瑞丽。6月，在黑龙江佳木斯考察三江平原湿地。10月，第三次探险怒江大峡谷，终于到达独龙江。著有《东极日出》等。

2007年

- 7月，到山东等地考察候鸟迁徙路线。9月，在四川马尔康、若尔盖湿地、贡嘎山等地寻访麝、黑颈鹤及考察层层水电站对生态的影响等。

2008年

- 7月，考察东北火山群及古生物化石群，路线是：黑龙江五大连池→吉林长白山天池→辽宁朝阳古生物化石群。9月，应邀访问英国、丹麦。

2009年

- 6月，赴陕西考察秦岭南北气候分界线、大熊猫、羚牛、金丝猴、朱鹮。

2010年

- 9月，应邀出席在西班牙举行的国际安徒生奖颁奖典礼，考察瑞士高山湖泊、德国黑森林的保护。

2011年

- 6月、9月、10月，在海南，包括西沙群岛探险。著有《美丽的西沙群岛》等。

2012年

- 7月，探险神农架国家级自然保护区。8月，六上青藏高原。经青海湖、可可西里、花土沟油田，前后历时八年，历经三次，终于进入阿尔金山国家级自然保护区（四大无人区之一），看到了成群的野驴、野牦牛、藏羚羊、岩羊，终点站是拉萨。著有《天域大美》等。

2013年

- 7月，考察湘西和张家界的生态。8月，在呼伦贝尔大草原考察。9月，在温州南麂列岛考察海洋生物。

2014年
·3月，在云南、贵州考察喀斯特地貌的森林和毕节百里杜鹃——"地球彩带"。

2015年
·3月，在南海考察珊瑚。8月，在宁夏考察贺兰山、六盘山、沙坡头、白芨滩、哈巴湖自然保护区。著有《追梦珊瑚》《一个人的绿龟岛》等。

·7月，在英国考察皇家植物园和白崖。9月，考察黄山九龙峰省级自然保护区。10月，考察长江三峡自然保护区、恩施鱼木寨、水杉王、恩施大峡谷。

2016年
·4月，在牯牛降考察云豹的生存状况。10月，在福建、广东考察海洋滩涂生物。11月，在黄山市徽州区考察中华蜂的保护状况。

2017年
·2月，重返高黎贡山，终于亲眼一睹盛花时节的大树杜鹃王。3月，在当涂考察蜜蜂养殖。5月，到雷州半岛考察海洋滩涂生物。8月，考察长江三峡地区生态变化。9月，到昆明植物研究所考察。12月，在高黎贡山考察沟谷雨林和季雨林。著有《续梦大树杜鹃王——37年，三登高黎贡山》等。

·4月，考察安徽芜湖丫山国家地质公园。5月、6月，考察黄山九龙峰省级自然保护区。7月，考察青岛滩涂海洋生物。8月，考察九龙峰省级自然保护区。11月，考察四川攀枝花苏铁国家级自然保护区、宜宾金沙江和岷江汇合处、重庆嘉陵江与长江汇合处。

2018年

2019年
·10月，应邀去江西横峰讲课，同时考察那里的生态。

2020年